보통
남자
김철수

보통
남자
김철수

서른네 살,
게이,
유튜버,
남친 없음

김철수
지음

브라이트

나는
내 편이다

●

나는 아무나 막 붙잡고 "나는 게이다"라고 광고하고 싶은 사람은
아니다. 단지 있는 그대로의 자연스러운 나를 말하고 싶을 뿐이
다. 내게 그다지 중요하지 않거나 한번 부딪치고 말 사람들이야
아무래도 상관없지만(나 역시 피곤한 건 싫으니) 내가 중요하게 생각
하는 사람들에게는 더더욱 거짓말하고 싶지 않다. 나에 대해 사실
대로 고할 수 있음은 지극히 상식적인 일이기 때문이다.

그런데 어떤 사람들은 내가 한 걸음 더 앞으로 나아가려 하는
걸 꽤 정성스럽게 막아낸다. 그냥 그쯤에서 멈춰. 이제 그만 해,
라고.

"굳이 말할 필요 없잖아요. 못 받아들일 사람이 있을 수도 있
고 여기가 사적인 장소도 아니고."

"아니, 난 괜찮은데, 다 나 같은 사람만 있는 건 아니니까…."

"물어보지도 않았는데 그걸 굳이 먼저 얘기해야 하나요?"

말하자면 이거다. '굳이 굳이' 게이라고 '발표'해서 그 모임 분위기 전체를 망칠 필요는 없지 않느냐는 거다. 그 말엔 전제가 깔려있다. '게이'는 혐오받는 존재고 그게 사실이든 아니든 어떤 사람들은 혐오의 말들을 굳게 믿기도 하니 네가 그 사람들을 위해 배려해줘야 한다는 것. 또 거기엔 여지없이 공적인 것, 사적인 것들에 대한 의미가 덕지덕지 달라붙는다. 그 정도 사리 분별도 안되느냐는 식이다. 또, 말하지 않는 게 너 자신한테도 좋을 거라는 얘기도 빼먹지 않는다.

어떻게 들으면 맞는 말 같기도 한 이 아리송한 물음에 대한 진실이자 내 대답은, '결코 그렇지 않다'이다. 그들이 하는 말은 전부 틀렸다. 하나도 빠짐없이, 첫마디부터 끝마디까지 완전히 다 틀렸다. 그건 가스라이팅에 불과한 비겁한 공격일 뿐이다. 문제는, 그 공격에 너무나도 많은 사람이 속아 넘어가고 있다는 점이다.

우린 '이기적인' 사람이 되지 않기 위해 자신을 되돌아보고 반성하면서 어느새 잔뜩 쿨한 사람이 되어 있다. 그래, 그냥 내가 별거 아니라고 생각하면 그만이니까. 그냥 내가 아무 말 안 하고 넘어가 버리면 되는 거니까. 그들 말에 동조하며 버틸 수 있을 만큼만 걸어 나가기를 다짐하고 만다.

하지만 그건 내 생각이 아니다. 그들 생각이다. 그들은 마치 어떤 정의라도 사수하려는 것만 같다. 틀렸다. 그건 정의가 아니라 차별이고 무식이다. 내가 무식해 누군가를 차별하고 있는 사람이라는 치부를 들키고 싶지 않아서, 그들은 그걸 정의라고 바꿔 말한다. 정말 무식하고 무책임한 정의다.

내가 나에 대해 말하고 말고는, 내 마음이다. 그건 타인에 의해 종용되는 것이 아니다. 나는 나에 대해 정확하게 이야기할 수 있고 그건 어디까지나 내 자유다. 나는 질서를 무너뜨린 적도, 죄를 지은 적도, 내가 있던 장소를 더럽힌 적도 없다. 만약 나란 존재가 불편하게 여겨지는 놈이 있다면 그건 그놈 문제다. 나랑은 아무 상관이 없다. 뭐 자기 편할 대로 생각하라지. 그런데 문제는 자기가 무식하게 차별하는 사람이라는 사실을 '굳이 굳이' 티를 내는 자들도 있다는 것이다. 정의라고 착각하면서. 아이러니하게도 우린 그 착각에 또 다른 착각을 해버린다.

반드시 알아둬야 할 게 있다. 생각은 자유다. 하지만 티를 내는 건 분명한 결격사유다.

"뭐가 그렇게 떳떳하고 당당해서 대놓고 티를 내시나요? 제발 내 귀에 들리지 않게 그냥 조용히들 사세요."라는 말에 대한 나의 대답은 이렇다.

뭐가 그렇게 떳떳하고 당당해서 대놓고 혐오를 하시나요? 혐오는 조용히 하는 거예요. 끼리끼리 숨어서 작은 소리로. 점잖게.

티내지 말고.

'굳이 굳이' '발표'를 해서 피해를 끼치고 있는 건 내가 아니다. 우린 알고 있다. 게이는 아무것도 아니라는 걸. 그냥 사람일 뿐이라는 걸. 분명히 말하지만, 내가 나에 대해 말하고 말고는, 내 마음이다. 그건 내가 태어났을 때부터 지니고 있던 '자율성'이다. 타인에 의해 종용되는 것이 아니다.

이 사실을 모르는 사람들이 너무 많다. 물론 이해도 된다. 내가 남자를 좋아한다는 사실을 처음 알았을 때, 난 세상이 무너지는 줄 알았으니 말이다. 나조차도 스스로를 부정했는데 나 아닌 다른 이가 나에 대해 뭘 얼마나 깊이 헤아려 주겠는가.

하지만 처음 사랑이란 감정을 알게 됐을 때 그 사랑이 남과 다르지 않았음을 너무도 명확하게 알아낸 난 그 사실을 알려야 할 필요가 있었다. 그게, 나이기 때문이다. 그리고 그러기 위해선 일단 가장 먼저, 내가, 내 편이 되어줘야 한다. 그리고 그다음, 내 삶을 살기 위해 노력하는 거다. 내 이름도, 유튜브도 그리고 이 책이 그렇다.

김철수

part 1.

내 인생을 위해
애써보는 일

보통
남자
김철수

•

내가 김철수로 개명했을 때 누군가는 김슬기라는 본명이 여성스
럽기 때문일 거라고 추측했다. 아니, 난 김슬기란 이름을 좋아했
다. 순우리말 이름이라 불필요하게 한자를 외우지 않아도 되는 것
도, 다른 누구는 돈을 지불해서까지 이름을 짓는다는데, 내 이름은
아빠가 직접 지어준 이름이라는 것도 특별하게 여겨져 좋았다.
　자라는 동안에도 이름이 여성스럽다는 이유로 타격을 받아본
적은 없었다. 초등학생 시절 '여자 이름' 같다며 친구들이 종종 놀
릴 때가 있었는데, 난 그럴 때도 '남자가 여자 이름을 가지고 있으
면 더 특별해 보이고 좋은 거 아닌가?' 하고 오히려 그들의 생각을
단순하게 여겼고 우월감을 맛볼 정도였다. 나를 더 입체적이고 균
형감 있게 만들어준다고 받아들였다.
　하지만 개명 사유를 기재할 땐 '김슬기란 이름이 여성스러워

놀림을 받고 심적으로 많이 괴로웠음'이라고 거짓말을 했다. 왜 그랬을까? 지금까지도 자괴감이 든다. 거짓말을 해서라기보다, 저런 멍청한 소리를 적어 냈다는 점에서 말이다.

나 자신을 속이지 않으면서도 적절하게 둘러댈 만한 핑곗거리가 분명 있었을 텐데. 하지만 그때로 다시 돌아간다 해도 나는 가장 쉽고 빠른 길로 가기 위해 저따위 개소리를 답습할 것만 같다. 하나의 사회적 편견이 또 다른 사회적 편견에 대항하려는 사람에게 좋은 명분거리가 되어주다니 놀랍지 않은가.

내가 김철수가 되려고 한 진짜 이유는 그 흔한 '보통 사람'이라는 타이틀을 얻고 싶어서였다. 나는 게이다. 그러니까, '남자를 좋아하는 남자'다. 누군가는 이런 나를 변태, 정신병자, 비정상이라고 말했다. 하지만 나는 보통 사람일 뿐이다. 딱히 별거 없는, 그렇게 이상하지 않은, 어디에서나 볼 수 있는 흔하디흔한.

내게 김철수라는 이름은, 타인에게 나란 사람을 알려주기에 가장 적합한 이름처럼 느껴졌다. 이보다 더 친근하고 '아무것도 아닌' 이름이 있을까. 사회가 규정지어 놓은 만만함의 대명사, 철수! 나는 그 이름을 이용하고 싶었다. 내가 어떤 사람인지와는 상관없이 게이라는 사실 하나만으로 내게 달라붙는 더러움, 혐오스러움 따위를 처단하고 싶었다.

이게 내가 법원에 제출하고 싶었던 진짜 개명 사유다. 이토록 진정성 넘치는 근사한 개명 사유를 판사 앞에 떳떳하게 들이밀고 싶었다. 하지만 내 개명심사를 봐주는 판사가 호모포비아라거나 법전보다 성경을 더 많이 읽은 함정카드일지도 모른다고 생각했다. 또는 "게이가 뭐가 대수라고 개명을 해?"라며 사유 불충분으로 나를 계속 김슬기로 살게 하진 않을까 두려웠다. 그래, 게이가 대수는 아니지. 물론 나는 그 대수가 아니고 싶어 개명하려는 것이었지만. 진짜 나를 드러냈다가 시작부터 엉키는 상황을 마주하고 싶진 않았기에 그런 한심한 이야기를 진심인 양 써재낄 수밖에 없었다. 게이로서 다른 사람 앞에 떳떳하게 서기 위한, 그 첫발을 내딛는 순간마저 나는 거짓말을 했다.

어떤 이는 내게 굳이 개명까지 할 필요가 있었느냐고 묻기도 한다. 그게 그렇게나 중요하냐는 말로 들린다. 맞다. 그저 살아가기만을 원했다면 굳이 개명까지 해가며 시간 낭비를 할 이유는 없었을지 모른다. 난 김슬기란 이름을 충분히 좋아하고 있었으니까. 하지만 나는 멍청한 거짓말을 해야 할지라도 김철수라는 이름이 필요했다. 나 아닌 다른 누군가(그게 부모든, 세상이든)에 의해 만들어진 나를 떠나, 오직 스스로가 정한 삶을 살아가기 위한 시작점으로 삼고 싶었다. 이전까지 허울뿐이라고 느꼈던 삶과 단절하고 싶었다.

무엇보다도 내가 어떤 사람인지 세상에 알리고 싶었다. 내 정체성을 깨닫고 말도 못 하게 앓고 난 이후, 점차 자신을 긍정하게 된 나는 있는 그대로의 나인 채로 사람들 앞에 서는 모습을 머릿속에 그려왔다. 그게 반경 어디까지였는지는 모르겠다. 다만 내가 살아가며 마주하게 될 숱한 사람들 앞에서 떳떳해지고 싶었다. 내 정체성을 주변의 모두가 알고 있는 것. 그것은 판타지였다가 작은 소망이었다가 꿈의 일종이었다가 완연한 꿈이 되었다. 그 꿈을 이루기 위해 먼 길을 떠나기 전, 신중하게 골라야만 할, 필수 장착 아이템으로 나는 김철수를 택했다.

김철수라는 이름을 가장 처음으로 떠올린 건 스물한 살 군복무 중이었을 때다. 취사병이라서 비교적 취침 시간이 자유로웠는데, 나는 항상 늦은 시간까지 주방 한 귀퉁이에 남아 일기장에 일과를 끄적이곤 했다. 그날 밤도 일과며 제대 후 개명할 이름 후보며 끄적거리다 번뜩 김철수를 떠올렸다. 순간 소름이 끼쳤다. 머리가 맑아지는 기분이었다. 김철수? 그동안 그려온 또 다른 나의 형체와 너무도 잘 어울리는 이름이었다. 그건 모든 사람이 알고 있던 아주 흔하고 친근한 이름이었으며 더럽고 추잡하다거나 징그럽다거나… 게이에 대한 잘못된 이미지에 대항할 수 있는 무기처럼 보였다. 이 운명적인 이름과의 조우에, 마치 잃어버린 자아를 되찾기라도 한 듯 내 가슴은 두근두근 뛰었다. 일기장에 무심코 끄적인 '김철수'라는 글자에서 환희의 빛이 뿜어져 나와 내 몸을 뒤덮었다. 이 모든 일의 시작을 알리는 순간이었다.

법원에서 우편이 날아왔다. 일주일 뒤 법원의 개명심사에 출석하라는 우편이었다. '뭐지? 사유만 잘 쓰면 된다고 하던데?' 시간이 흘러 판사와 대면한 나는, 그가 용건을 말하기 전 1초 동안 등골이 오싹했다. 설마 안 된다고 할까 봐. '김철수'가 안 되면 어떡하지? 그것은 내가 나로서 살아갈 수 없다는 뜻처럼 여겨졌다. 판사는 말했다.

"후회 안 할 자신 있어요?"

바꾼다는 이름이 김철수라니. 교과서에 나와, 드라마에 나와, 개 이름도 철수로 짓는 마당에 놀림받지 않을 자신, 아니 또다시 놀림받아도 감내할 자신 있느냐는 질문이었다.

"만약에 후회돼서 다시 바꾸려고 하면 그땐 힘들어요."

판사는 개명을 허가하기 전, 내가 정말 괜찮은지 직접 확인하기 위해 굳이 나를 법원까지 불렀다고 했다. 훌륭한 판사였다. 나는 웃었다.

"괜찮아요."

법원을 나와 집으로 가는 버스에 몸을 싣고 창밖의 복잡한 시내를 바라보았다. 새 이름을 얻고 나니 미묘한 용기가 샘솟았다. 마치 보통 사람이 된 기분이 들었다. 보다 정확하게는, 비로소 보통 사람들의 반열에 올라선 듯한 느낌이었달까. 어쩌면 내가 원하는 대로 살 수도 있을 것 같다는 확신이 들었다. 당장 무슨 일이라도 저질러버리고 싶었다. 보여주고 싶었다. 마냥 슬프지만은 않은 내 모습을. 그렇다고 마냥 행복하지만도 않은 내 모습을. 그냥 이 사람도 나랑 똑같다는 것을. 버스 안까지 물들인 붉은 햇살에 얼굴을 내맡긴 채로 나는 집으로 향했다.

판사는 내가 게이라는 사실을 몰랐지만, 그가 내게 던진 질문은 지금도 여전히 유효하다. 놀림받지 않을 자신, 아니 놀림받아도 감내할 자신, 있다.

멈춰버린
내 시간에
공감해 줄 사람

•

스물두 살, 제대한 지 얼마 안 된 여름날의 일이다. 어둑어둑해지는 저녁 시간에 나는 집을 나섰다. 집에 있던 아빠를 밖으로 불러 커밍아웃할 생각이었다. 할머니한텐 그냥 친구 좀 만나고 온다고 말했다. 애초에 할머니한테 커밍아웃할 생각은 없었다. 내 주변의 모든 사람이 내가 게이라는 걸 알게 되기를 바라지만, 할머닌 예외다. 나도 그 정도 분별력은 있다.

문 닫힌 아빠 방에선 텔레비전 소리만 새어 나오고 있었다. 텔레비전을 보다 그대로 잠들었는지 아니면 내가 나가는 소리에 은근히 귀 기울이고 있었는지는 몰라도 굳이 말하고 나갈 필욘 없었다. 곧 보게 될 테니까.

역까지 15분, 터덜터덜 땅에 비친 내 초라한 그림자만 보면서 걸었다. 귓가에 스치는 밤공기가 차다. 매번 눅눅하기만 했던 여름 바람이 오늘따라 으스스했다. 내 마음도 떨렸다. 손끝에 자꾸 힘이 들어갔다. 그냥 돌아갈까.

머뭇머뭇 역에 도착했다. 막상 나오긴 나왔는데 당장 뭘 어찌해야 하나, 벌써 막막했다. 젊은 부랑자처럼 역 주변을 하염없이 서성였다. 그렇게 한 시간을 흘려보내고도 난 아직 같은 자리를 맴도는 중이었다. 지나다니는 사람들이 나였으면 좋겠다고 생각했다. 저 사람들이랑 나랑 바뀌었으면. 지금 내가 나인 게 너무 두렵다…. 수업 시간 선생님이 무작위로 발표자를 지목할 때처럼 마음이 조마조마했다. 수줍음 많던 나는 선생님들이 그럴 때마다 심장이 터질 듯했고 어디 안 보이는 곳으로 도망치고 싶었다. 아빠한테 커밍아웃하는 건 예전부터 시뮬레이션을 돌리던 일인데 막상 눈앞에 닥치니 아무 효과도 없다. 이렇게나 허무할 수 있을까?

'내가 정말 말할 수 있을까? 그냥 내일 할까? 밝은 날에 말하는 게 더 좋으려나? 아냐, 무조건 오늘 말해야 돼! 오늘 못 하면 내일도 못 해! 난 나를 숨기고 살고 싶지 않아!'

기필코 말해야 한다는 압박감과 그보다 큰 두려움이 나를 억눌렀다. 아빠는 아직 부르지도 않았는데, 백 미터 경주 출발선에 서 있을 때처럼 마음이 너무 가빴다. 반드시 오늘, 기필코, 커밍아웃을 성공하고야 말겠다는 단단한 결심 때문이리라.

나는 나에게 책임을 질 때가 됐다. 언젠가는 해야 할 걸 알면서도 오늘은 그냥 지나가길 바라는 마음으로, 그렇게 하루하루에 치이던 나였는데, 비로소 오늘, 누군가가 나를 지목하기 전에 내가 직접 자리에서 일어나기로 한 것이다. 편의점에 들어가 소주 두 팩을 샀다.

'그래, 술을 마시자. 난 술을 못 마시니까 두 팩으로도 충분히 취할 거야.'

빨대를 꽂아 한 팩을 10초 만에 비우고 손에 들린 남은 한 팩을 경멸스럽게 째려보았다. 진짜 맛대가리가 없다. 이딴 걸 왜 돈 주고 먹는지 정말 모르겠다. 이게 '먹는' 건가? 완전 쓰레기다. 심장에 무리가 오고 별로 체험하고 싶지 않은 불쾌한 울렁거림이 느껴졌다. 한 팩을 원샷 하고 나서 즉각적으로 느껴지는 역함 때문에 남은 한 팩을 도저히 넘길 수가 없었다. 빨대에 억지로 입을 대고 꾸역꾸역 최선을 다해 몇 모금을 더 홀짝거려 봤지만 무리였다. 나는 계속해서 술에 대한 혐오를 느끼며 그것을 그대로 하수구에 부어버렸다. 그런데 좋았다. 그 역함이. 그 역함이 오히려 두려움에 맞설 수 있게 도움을 줬다.

학교 가는 길에 매일같이 보던 '헬리오스'라는 카페에 들어왔다. 등하교 때마다 보다 보니 한 번쯤은 들어가 보고 싶었던 이곳을 결전의 장소로 택했다. 그런데 막상 들어가 보니 이 카페는 그냥 잡종이었다. 안 파는 게 없었다. 나는 훈제 오리 한 마리와 소주

한 병을 시키고 자리에 앉았다.

"아빠, 난데, 여기 헬리오스라는 카펜데… 어, 거기, 역전
에서 좀 가면… 횡단보도 건너서….”

죄 지은 것도 아닌데 아빠를 부르는 내 목소리가 어쩌면 그렇
게 축 처졌는지. 돈을 꾸려는 사람처럼 꼭 그렇게 아빠를 불러냈다.
나는 소주 반병을 더 비웠고 최대한 제정신이 아니길 바랐다.
그냥 나도 모르게 내뱉고 다 끝내버리고 빨리 다음 날 아침이 찾
아오길. 하지만 눈앞의 아빠와 마주한 지금, 내 정신 상태는 그 어
느 때보다 최상이다. 나는 취할 수 없는 사람이었다. '네 인생의 가
장 중요한 순간에 어딜 술의 힘을 빌려? 어림도 없지!'라고 저 높
은 신이 놀리는 듯도 했다. 다만 토가 쏠렸다. 벌써 두 번째다. 이
미 오래전부터 내 눈과 볼때기는 붉으락푸르락했다.

"도대체 뭔데, 슬기야… 그냥 말을 해. 아빠는 뭐든 다 받
아들일 준비가 돼 있어. 너도 알다시피….”

약간 영화 대사 같지만 아빠는 정말 뭐든 다 받아들일 수 있는
사람처럼 보였다. 스물두 살 먹을 동안 그런 적 없던 내가 아빠 앞

에서 술 먹고 토하러 가는 것만 연속 두 번을 선보이자 슬슬 답답해지기도 했을 것이다.

"너도 알다시피 아빠가 너희들한테 해준 것도 없고 사는 게 힘들고 팍팍해서… 아빠는 죽으려고 자살도 시도했었어."

아빠는 나를 설득하듯 짐짓 태연하게 말했다. 누군가에게는 이게 뭔 말인가 싶을지 몰라도 그 순간 내 입을 열게 하는 데에는 나름대로 효과가 있었다. 그러니까 아빠의 말은, 나는 이 정도로 세상의 일을 받아들이는 데 유하다는 거였다. 그러니 걱정하지 말고 뭐든 다 말하라.

"나 게이야."
"뭐?"
"나 게이라고. 남자 좋아해."

아빠는 그 순간 무슨 생각이 들었을까? 그때의 난 얼마나 죄인처럼 굴었을까? 나는 뭐라고 좀 더 말하고 싶었지만 이상하게 내 목소리가 맘에 들지 않았다. 말하면서도 내가 그렇다는 걸 느꼈다. 뭔가 비굴했다. 좀 더 떳떳할 순 없을까, 더 이성적으로 덤덤하

게 얘기할 순 없을까? 차라리 술을 마시지 말았어야 했는데. 어깨
펴고 고개 들고 말할걸. 말하면서 후회가 되었다.

아빠는 스스로가 예고한 대로 정말 아무렇지 않아 보였다. 아
까 아빠의 말은 사실, 충격을 받아도 충격받지 않은 것처럼 연기
할 수 있다는 뜻이었을 거다. 아빠의 연기는 정말 훌륭했다.

"그러니까 텔레비전에 홍석천 나오잖아. 걔가 남자 좋아
하듯이, 너도 그렇다는 겨?"

아빠는 충청도 사람이다. 운전기사로 제법 성공해 서울시 가
양동에 18평짜리 집 한 채도 샀지만 곧 열 살 아래 아내와 이혼하
고 IMF 즈음엔 돈도 날려서 고향 충남 아산에 내려와 살기 시작
했다.

"이이~ 난 또 뭐라고. 아빠도 그랬었어. 아빠 중학교 때
있잖어. 병철이라고 있었어. 내가 아직도 그 자식 이름도
기억하네…."

커밍아웃한 당사자에게 보일 수 있는 몇 가지 흔한 반응 중에
하나다. 그건 그냥 지나가는 일시적인 감정일 뿐이라는 거다. 하

지만 나는 오히려 그게 뭔 소린지 모르겠다.

"아니야, 아빠. 난 그런 거 아니야."

나는 속이 시원해지는 것 같았다. 늘 마음속에서만 외쳐오던 말을 실제로 하고 있다니! 아빠가 있는 그대로 알아들을 때까지 얼마든지 계속 정정해 줄 수 있었다.

"일단 일어나 봐."

아빠와 나는 우리 집 주공3단지 뒤편에 있는 널찍한 학교 운동장으로 갔다. 헬리오스에서 학교 운동장까지의 15분 거리를, 우리는 터덜터덜 말없이 걸었다. 삐뚤삐뚤 걸어가던 아빠의 큰 그림자 옆으로 비친 내 그림자가 어찌나 작아 보이던지.
늦은 밤이라 그런지 귀뚜라미 우는 소리만 들리고 운동장을 도는 사람은 아무도 없었다. 우리는 운동장의 빨간 트랙 출발 지점에 솟아 있는 차량 진입 방지 말뚝에 한 명씩 걸터앉았다.

"나는 또 이제야 앞날에 뭐 하고 먹고살까, 말이 통하는 줄 알았더니… 별 뚱딴지 같은 소리를…."

나도 아빠도 밤하늘의 별만 쳐다보고 있었다. 이제 아빠는 내가 남자를 좋아하는 남자라는 사실을 팔구십 퍼센트는 인지한 듯했다. 벌써 열두 시가 넘은 시각이었다. 할머니가 왜 안 오나 걱정할 텐데.

"그래서 너 앞으로 뭐 먹고 살겨… 할머니한테는 절대 말하지 마."

안 그래도 그럴 것이다. 나도 그 정도 분별력은 있다.

"누나는 알아? 경훈이는?"

누나한텐 제대하기 전에 이미 말했다. 그 뒤로 매형에게서 격려의 문자메시지를 받았지. 아빠는 본론을 꺼냈다.

"네 나이가 지금 스물두 살이여… 너 대학도 안 나와서 지금 나이에 어디 조금이라도 좋은 데 못 들어가면 앞으로 평생 돈 못 벌고 아빠처럼 사는 거여…."

아빠 머릿속은 이전부터 아들의 취업 걱정으로만 꽉 차 있었다. 그 속엔 자식에 대한 죄책감과 희망도 공존했을 것이다. 물려줄 것도 없는 당신이 해줄 수 있는 일이라곤 조금이라도 사람답게 살 수 있게 길을 닦아주는 것이라 여겼을 것이다. 그런 당신에게 이게 웬 자다가 봉창 두드리는 소리일까?

아빠는 '지금 이 황금 같은 시간에…', '지금 중요한 건 취업…', '스스로가 그걸 느끼고 있어야…', '엉뚱한 거 가지고 시간 허비할 때가…'라는 식의 설교를 늘어놓기 시작했다. 마치 조금 전 헬리오스에서의 일들은 없었던 것처럼, 그냥 평소에 내게 늘어놓던 조금 진지한 잔소리류의 어조였다.

스물두 살의 김슬기는 어렸기 때문일까, 내 일생일대의 커밍아웃 순간에도 일방적으로 쏟아내는 아빠의 취업 이야기가 달갑지 않았다. 인정받는 느낌도 들지 않았다. 내가 게이라는 사실을 받아들일 수 없어 회피하는 것처럼 보였다.

물론 한편으론, 당신 말마따나 내가 게이라는 그 사실을 별로 대수롭지 않게 여기는 것처럼 보이기도 했다. 아버지 당신은 하도 굴곡진 삶을 살아와서 그런지 어쨌든 중요한 건 취.업. 두 글자였다. 이게 해결되어야만 다른 모든 것들을 생각해 볼 여유가 생길 것만 같았다.

어디 어디 인터넷 영상 보면, 어렵게 커밍아웃한 자식에게 부모님이 '오, 그래, 얼마나 힘들었니!' 하면서 자식을 꽉 부둥켜 안

아주던데. 아빠가 그럴 것이라 예상하진 않았지만 나도 모르게 기대했나 보다. 어쩌면 아주 오래전부터 가지고 있었던 환상일 수도 있다. 내가 그동안 얼마나 힘들었는지에 대해서 말하는 것. 날 안아주는 것. 서러운 눈물을 흘리는 내게 따뜻한 위로를 건네주는 것…. 그래서 지금 이 순간 아빠의 반응이 거북하고 배신감 드는 거겠지. 내 성장은 내 정체성에 대한 번민에서 멈춰버렸고 아빠는 멈춰버린 내 시간에 공감해 줄 여유가 없었다.

그날 집에 돌아갔을 때 내내 안 자고 우릴 기다리던 할머닌 뿌듯해했다. 부자간에 좋은 데이트라도 하고 온 모양이라고 여겼을 것이다. 아빠도 나도 아무렇지 않은 척 각자 어두운 방으로 들어가 잠을 청했다.

아빠가 매체에서 보이는 훌륭한 부모상이기를 바랐던 것이 얼마나 가혹한 바람이었는지 이제는 안다. 그것이 존재하기는 할까. 그것이 정답이기는 할까. 삶의 비루함을 피부로 느끼며 하루하루 고단하게 돈을 벌고 늙어가는 아빠에게 나의 힘듦에 대해 토로하려 했던 것이 얼마나 가당치 않았을지 부끄럽기도 하다. 글쎄, 그땐 어렸으니 나로선 그게 최선이었을지도 모르겠지만 말이다. 어쨌든 당시 아빠가 내게 세상 진지하게 목소리를 높였던 그 '황금 같은 시기'가 어떤 것이었는지도 너무 잘 이해된다. 그 말을 따를 수 없었던 나 자신도. 결론은 이렇다. 내가 어떤 사람인지 남들에게 보여주는 일, 커밍아웃은 나를 위해 하는 것이다. 상대의 반응이 중요한 건 아니다. 첨언하자면, 커밍아웃은, 될 수 있으면 이성적으로 떳떳하게 해야 한다.

그리고 아빠와 학교 운동장에서 나눈 이야기 중 빼먹은 것이 하나 있다. 아빠는 집에 들어가기 전 마지막으로 내게 이렇게 말했다.

"니 인생은 니 거여. 누가 뭐라고 해도 니가 즐거워야 되는 거여. 스트레스받지 말고 즐겁게 사는 게 최고여."

가족이란
무엇인가

●

가족이란 무엇인가. 가족의 의미에 대해 그동안 정말 많은 인터뷰를 해왔다. 나는 그때마다 단 한 번도 다르게 대답한 적이 없다.

"저에게 가족이요? 제가 고양이 네 마리를 키우고 있고 물고기도 키우고 있거든요. 그리고 애인이 있어요. 저에게 가족이란 같은 공간에서 살고 있는 고양이, 물고기 그리고 애인인데요. 어떤 사람들은 엄마, 아빠, 아들, 딸⋯ 이런 것만 가족이라고 믿거나 법적 또는 사회적 약속이 있어야만 가족이라고 인정하는 것 같기도 해요. 그런 사람들 시선에서 보면 저흰 '비정상'이죠. 그런데 아니거든요. 가족이란 '다양한 삶의 형태'를 두 글자로 줄인 말에 불과하다고 생각해요. 누구한테 인정받고 말고 할 문제가 아니죠. 남들

관념에 휘둘릴 필요 없잖아요? 역설적으로 들릴 수도 있지만, 그런 의미에서, 하루빨리 다양한 삶의 형태를 포용하는 사회가 되었으면 좋겠어요. 그래서 한국 사회에서 동성커플이 동반자로 '인정'받아 법적으로 결혼할 수 있었으면 좋겠습니다. 누구나 동등하게 누려야 할 법적 보호를 받고 싶어요."

대답할 때마다 어떻게 하면 덜 이상적으로 들릴지 고심한다. 더 현실적인 문제로 가져와서 말하고 싶은데, 내뱉고 나면 인터뷰어 귀에 그저 상투적인 판타지 소설 따위로 들렸을 것만 같아 썩 후련하지 못하다. 눈앞에 노트북을 펼쳐놓고 앉아 있는 그들은 분명한 취지로 답변을 얻으려는 눈치이기에 더욱 그렇다.

가족의 의미에 대해 대답하다 보면 '내가 어떤 존재를 만나서 어떻게 살아가든 온전한 내 삶일 뿐인데 왜 내가 타인에게 인정받기 위해 호소해야 하는가?'에 대한 억눌린 감정이 표출되기도 한다. 마치 아무 문제 없는 나 자신을 스스로 시험대 위에 올려놓는 기분이다. 그러다 보면 인터뷰라는 것도 잊은 채 진심을 내뱉고야 말기도 한다.

"솔직히, 애국심, 애국심 하는데… 왜 차별받으면서 애국을 해야 하는지 모르겠어요. 돈만 있으면 그냥 더 나은 나라로 이민 가버리면 그만인데. 휴."

어느샌가 인터뷰어 표정은 완전히 구겨져 있다. 다 좋은 취지에서 하는 인터뷰인데 앞의 수염 난 게이가 어디 신기에도 뭐한 불만만 늘어놓으며 칭얼대고 있으니. 그래서 요즘엔, 가족에 대한 근본적이거나 사적인 의미보다는 이 사회에서 응당 가족으로서 누려야 할 권리나 의무 따위에 대한 비율을 더 늘려서 말한다.

그러다 보니 당사자로서도 잘 알지 못했던 불이익 또는 놓치고 있는 권리에 대한 답변을 요구받아 난처하기도 하다. 차별받는 사람들치고 우리가 너무 속 편하게 살아온 건가 싶을 정도다. 우리가 뭘 놓쳤고 어떻게 차별받고 있는지에 대한 내역을 인터뷰어가 대신 대답해 준 적도 있다. 또 가끔은 어떻게 하면 우리가 똑같은 일등시민으로서 동등해질 수 있는지 현실적인 해결 방안을 직접 제시해 보라고 강요받기도 한다. 사건의 당사자니까 해당 현실에 대해 조목조목 모든 걸 다 꿰뚫고 있어야 한다는 듯이 이와 관련해 어떤 사례들이 있는지 말할 수 있어야 함은 기본이다. 스멀스멀 내 안의 반항심이 또다시 고개를 들고 일어선다. 이런 것들을 내가 왜 다 알고 있어야 되는 거지? 그냥 당연한 거잖아!

나도 안다. 선의라는 걸. 나 역시 세상이 달라지길 원해서 그런

뻔한 인터뷰에 참여하고 있다는 걸. 하지만 이보다 더 중요한 건 내가 '살아가고 있음'을 보여주는 일 그 자체다. 그런데 가끔은, 내가 왜 차별을 받고 있는지 그리고 차별받지 않으려면 어떻게 해야 하는지, 내가 죄를 지은 것도 아닌데 그 모든 것들을 내가 왜 알아야 하는지, 뭐 그런 반항심에 몸서리가 쳐지기도 한다.

"아, 이 사람이 내 가족이구나, 하고 느끼셨던 계기 같은 게 혹시 있으셨나요?"

2021년 봄에 했던 한 신문사와의 인터뷰에서 들었던 질문이다. 뭘 얘기할까 생각하다, 애인과 같이 산 이래 처음으로 가족 같다고 느꼈던 적에 대해 말했다.

"저는 원래 혼자 살아왔어요. 혼자 집도 구하고 고양이도 키우고 아르바이트도 하면서 살다가 장호를 만난 건데, 어떻게 보면 장호가 이미 만들어져 있던 제 삶 속으로 가만히 침투해 온 거거든요. 처음엔 장호의 헤어드라이어 소리조차 내가 만들어놓은 공간을 묘하게 침범하는 것처럼 느끼기까지 했어요. 전 헤어드라이어 안 썼거든요. 그런데 어느 날 장호가 고양이들 화장실을 치워주고 있는 모습을 봤어요. 솔직히 냄새가 좀 심한데 아무렇지 않게 모래삽으로 똥을 퍼내는 뒷모습을 보는데 우리가 가족 같다는 느낌이 들더라구요. 함께하는 삶의 일원이 된 느낌? 하다못해 물고기들 밥 주고 있는 모습을 보더라도 괜히 고맙고 우리가 함께하는 느낌이 들고 그렇더라구요. 장호는 사실 물고기에 요만큼도 관심 없거든요."

답변을 다 하고 나니 역시 무언가 개운치 않았다. 질문의 취지와 너무 동떨어진 소리를 한 걸까. 최선의 답변이 아니었음은 자명하다. 질문자가 지면에 신고 싶을 만한 멘트여야 할 텐데. 그렇다고 지어낼 수도 없고 당장 떠오르는 게 그런 것뿐이었다.

나는 늘 이런 식이다. 별것 없이 사소하고 지나치게 일상적이다. 차별하는 우리 사회의 치부를 찌를 만큼 신랄하고 날카로운 시선을 녹여내 멋들어지게 얘기했어야 하는데 어떤 사례도, 어떤 해결 방안도 제시하지 못한다. 내가 확신을 갖고 대답할 수 있는 것들은 단지 내 개인적인 이야기에 지나지 않는다. 내가 이만큼이나 너희들과 똑같은 사람이라고.

가족이란 무엇인가. 가족은 나의 소중한 것들을 나누는 존재이며 서로의 소중한 부분들에 동참할 수 있어야 한다. 그리고 그렇게 할 수 있는 사람이, 아니, 사람이 됐든 뭐가 됐든, 그렇게 할 수 있는 것이 가족이다. 낯간지럽겠지만, 이걸 여섯 글자로 줄이면 '또 다른 나 자신'이 된다. 그런데 이것도 기니까 그냥 세 글자로 '내 일부'라고 해두자.

소녀ㄴ
김 철 수

●

나는 소위 '놀 줄 아는' 사람은 아니다. 보통 게이를 혐오하거나, 게이도 똑같은 사람이라는 걸 이해하지 못하는 사람들은 어디서 떠도는 말만 듣고 모든 게이가 끝내주게 잘 노는 줄 안다. 게이클럽이나 게이술집 등지를 떠돌며 아주 방탕하게 말이다. 하지만 그건 반은 맞고 반은 틀린 소리다. 존재를 막론하고 어딜 가나 그런 부류가 존재할 뿐이다. 물론 게이클럽이나 게이술집이 이성애자들의 보편적인 클럽과 술집에 비해 더 방탕할 것도 없다.

한편 나는 어릴 때부터 할머니 뒤만 졸졸 따라다니며 시장바닥이나 훑고 다녔고, 또래들에 비해 지질하고 궁상맞은 아이였다. 자기만의 세계가 강해서 늘 혼자서도 온갖 공상으로 긴 하루를 넘겨내곤 했다. 쌀 포대 안의 플라스틱 컵을 꺼내 들고 컵 속에 펭귄 모양으로 조각된 지우개를 집어넣은 뒤 공중을 휘젓고 다니며 펭

권왕 놀이를 했고 노란 빛깔의 니스 통을 들고 낡은 우리 집 구석 구석을 바르고 다니며 수리공 놀이를 하기도 했다. 또 가끔은 할머니 몰래 검은 봉지 한가득 쌀을 퍼 담고서 동네 비둘기들을 향해 흩뿌리거나 잠자리채를 들고 나가 아침 여덟 시부터 밤 열 시까지 풀숲을 돌아다니기도 했다. 할머닌 밥도 거른 채 돌아오지 않는 나를 찾아다녀야 했고 손자가 영양실조에 걸릴까 봐 '뿌비또'라는 가루 양념을 밥에 비벼 손수 내 입에 떠먹여 주곤 했다.

그러던 어느 날, 내가 게이라는 사실을 깨닫고 외부 사회와 부딪치게 되면서 잠잠하고 평화롭던 내 세계에 균열이 일어났다. 지독한 부정기와 지독한 짝사랑을 맛보았고 좌절과 절망과 분노와 행복을 느꼈다. 시간이 흘러 내면의 폭풍이 가라앉고 얼마쯤 고요해졌을 때 내 나이는 대강 스무 살 초반쯤이었다. 나는 온라인 게이 사이트와 게이술집, 게이클럽, 나아가 게이 데이팅 앱을 통해 수많은 사람을 만나기 시작했다. 그런 것들이 나와 어울리지 않는다는 걸 알았지만 그때의 난 무조건 정면 돌파를 해야 했을 만큼 어렸고, 어린 만큼 조급했으며 또 패기도 넘쳤다.

나는 내 앞에 놓인 관문들을 모두 통과해야 했다. 그렇게 꾸준히 게이커뮤니티 활동을 한 뒤, 내가 알게 된 점이 있다. 난 여전히 어릴 때의 소박한 김슬기일 뿐 아무것도 바뀌지 않았다는 사실이었다. 어떠한 형태의 사람이 되고 싶은 것과, 애초에 내가 그러한 사람이 아니라는 것 사이에는 분명한 차이가 있었다. 두 간극을 좁히는 일은 좀처럼 쉽지 않았다. 이 간극을 좁히기 위해 물리적인 노력으로 달성할 수 있는 최대치는 아마도, 타인에게 내가 그러한 사람인 것처럼 보이도록 꾸미는 자연스러운 연기 능력이 아닐까. 그간 나는 내가 게이이기 때문에 주변 사람들과 어울리지 못했다고 생각했는데(그렇다고 핑계를 대곤 했는데), 이제 보니 나란 놈은 게이들하고도 어울리지 못하는 놈이었다. 그럼에도 3~4년씩이나 지속적으로 게이커뮤니티 활동을 할 수 있었던 건 이유가 있다. 이율배반적인 소리처럼 들리겠지만, 나는 꽤 인기가 많았다. 정말 그랬다. 난 게이들 무리에서 늘 먹고 들어가는 인기남이었다.

어쩌면 난 오히려 게이로 태어나서 운이 좋은 케이스라고 얘기해야 될는지도 모른다. 대충 스무 살쯤의 어느 날, 당시 가장 큰 게이 사이트였던 곳의 사진방에 처음으로 내 사진을 올리기로 결심했던 그날, 그날이 이 모든 일들(지금 이 책을 쓰기까지)의 시초일 것이다.

'불특정 다수가 보는 곳에 게이라는 걸 밝히고 자기 얼굴이 나온 사진을 올리다니, 정말 대단한 사람들이군' 하고 그들을 관망하는 것만으로 충분히 살 떨리는 기분을 맛보았던 나는 비로소 때가 됐음을 느끼고 부딪치기로 작정했다. 고등학교 동창들과 찍어온 수많은 사진은 뜻밖에 큰 도움이 됐다. 표정부터 행동거지까지 장난스럽고 에너지 넘치는 내 모습들은 그동안 그곳 사진방에서 쉽게 볼 수 없던 캐릭터였고, 말하자면 그것은 그들이 그토록 찾아 헤매던 '일틱함'의 정수이기도 했다. 잠깐, 일틱함이 뭐냐고? '여성스럽다'라는 게이에 대한 스테레오이미지에 대조되는 남성스러움 정도로 설명할 수 있겠다. '평범함', '일반적인 남자 느낌'이라고 보면 된다. 게이 커뮤니티 내에서 여성스러움이란 어떤 게이들에겐 고치고 싶은 성격이기도 하고 또 어떤 게이들에겐 만나고 싶지 않은 타입이기도 한 데 반해, 남자다움, 즉 일틱함이란 건 거의 대부분의 게이들이 선호하는 절대적 호감 유형이었다. 어찌 보면 남자가 남자를 좋아하는 것이니만큼 당연한 일이기도 하다. (여기서 그럼 왜 게이들 중 일부는 여성스러운 성격을 타고나느냐고 묻는다면, 그건 나도 모른다. 그리고 내 안에도 소녀가 살고 있다. 이 이상 여성스러움과 남성스러움이란 관념이 갖는 모든 원초적인 의문은 생략한다.)

내 입으로 말하는 건 좀 그렇지만, 나는 충분히 매력적인 외모를 지니고 있었다. 사진에서 풍겨 나오는 내 특유의 소탈함과 쾌활함이, 그곳 게이들의 눈길을 사로잡으며, 사진을 올린 첫날부터 내 인기는 폭발했다. 오버 좀 떨자면, 게이 커뮤니티계에 김철수의 등장은 가히 센세이셔널함 그 자체였다고도 말할 수 있겠다(과장이 심했다). 용기를 얻은 나는 주기적으로 내 새로운 사진들을 업로드해 나갔다. 내가 사진을 올릴 때마다 더 많은 댓글이 달렸고 매번 수십 통의 쪽지가 날아 들어왔다. 정말 몰랐다. 내가 그렇게 인기가 많을 줄은 조금도 예상하지 못했다. 난 계속 떨었고 설마 아무도 관심 없진 않겠지, 그래도 한두 명쯤은 관심 가져주겠지, 싶은 마음뿐이었다. 내가 '떨었다'라는 사실을 잘 못 믿을 사람도 있을 것 같다. 그치만 사실이다. 얼마나 망설였는지 모른다. 〈채널 김철수〉를 너무나 좋아하지만 시청 기록을 남기지 않기 위해 늘 비회원으로 접속해서 본다는 게이 친구들을 나는 그래서 너무도 잘 이해한다.

어쨌든 이 엄청난 호응 덕분에 내 자신감은 하늘을 뚫고도 남을 만큼 수직 상승하며 자연스럽게 그다음 스텝으로 넘어갈 수 있는 자양분이 됐다. 그다음 스텝이란 좀 더 본격적인 오프라인 활동을 말한다. 게이클럽, 술집에 가서 익숙해지는 것. 게이들과 어울려보고 나도 그런 게이가 돼보는 것. 애인도 사귈 수 있으면 더 좋다. 그래, 다 해보자.

그리고 어느 날 가게 된 술집은 신기했다. 그냥 신기했던 게 아니라 정말 정말 신기했다. 사방이 시끌벅적한 가게 안에 남자들만 잔뜩이었다. 여자라곤 없다. 이게 다 게이란 말이야? 눈앞에 펼쳐진 신세계에 가슴이 벅차올랐다. 코끝이 찡하고 알 수 없는 묘한 연대감이 느껴지기도 했다. 그래, 와보길 잘했어. 나는 모든 게이 술집들을 빠짐없이 출석했다. 그곳이 어떤 곳인지 알아야 했고 또 그곳에 어울리는 사람이 돼야 했다.

처음 클럽에 입장했을 땐, 그동안 내가 살아온 지난 흔적이 얼마나 희미한 몸부림이었는지 뉘우칠 만큼 새롭고 분명한 세계가 펼쳐져 있음을 보았다. 클럽에 열 번을 가면 아홉 번은 대시가 들어왔다. 방법을 알지 못했던 난 겁 많고 소박한 내 실체를 들키기 전에 쿨한 척 적당히 연락을 끊곤 했다. 차츰차츰 나의 내면엔 자신감 그 이상의 허상이 자리 잡기 시작했다.

날 알아보는 사람들이 생겼고 종종 인사하고 지나가는 사람들도 생겼다. 곧잘 연락하고 만나는 친구들도 생기고 형, 동생도 생겼다. 애인도 생겼다. 헤어지면 또 생겼다. 얼마 동안 잘 연락하던 친구들과 멀어지면 또 다른 친구들이 생기고 다수로 다 같이 만나거나 때론 일대일로 계속 그다음 스텝을 밟아나갔다. 익숙해지길 바라면서. 이런 환경에 재미를 느끼길 바라면서. 나도 똑같이 웃고 있길 바라면서. 이 모든 걸 연습이라고 생각하며 그렇게 3~4년을 보냈다.

그리고 이건 내 실패담이다. 그 시간 동안 얻어낸 건, '나도 게이클럽 가봤다' 말고는 아무것도 없다. '나도 애인 많이 사귀어봤다' 말고는 아무것도 없다. '옛날엔 그랬지' 말고는 아무것도 없다. 그리고 거기에 나는 없었다. 나는 그런 사람이 아니다. 게이 커뮤니티 경험이 전무한 장호 앞에서 선배인 양 꼴값을 떨기엔 안성맞

춤이지만 정작 장호는 비웃었다.

나는 그런 게이고 그런 사람이다. 그냥 내면 깊이 자기만의 세계가 있는, 그냥 그런 존재다.

여자를
좋아하기
위해

●

중학교 2학년 시절, 밤톨 같은 뒤통수를 가진 같은 반 친구를 좋아하게 되면서 나는 내가 남자를 좋아한다는 사실을 깨달았다. 동시에 그 사실을 인정할 수 없었기 때문에, 나는 아주 절실히, 여자를 좋아하기 위해 안간힘을 썼다. 여기서 '그 사실'이란 내가 남자를 좋아하는 남자라는 것 그리고 내가 그 친구를 좋아한다는 것 모두를 포함한다.

아무튼 지금은, 내가 여자를 좋아하기 위해 무슨 무슨 멍청한 짓들을 했나에 대해 쓸 것이므로 될 수 있으면 내가 좋아한 그 친구에 대한 이야기는 배제할 것이다. 그 멍청한 짓들이 종식되고 나서야 본격적으로 그에 대해 할 말이 생기기도 하고, 또 그 친구에 대한 이야기는 일생일대의 너무 큰 힘듦이었기 때문에 다른 이야기와 버무려 이야기하기엔 잘 어울리지 않을 것 같기 때문이다.

우선 여자를 좋아하기 위해 내가 썼던 가장 '쉬운' 방법으로, 나는 시도 때도 없이 눈을 감고 자기암시를 걸곤 했다. 그저 난 여자를 좋아해, 난 여자를 밝혀, 여자를 안고 싶어 하고 아주 간절하게 기도하면 된다. 이때 중요한 것은 정말 그렇다고 믿는 마음이다. 나는 '여자' 하면 떠오르는 대중의 이미지 즉 긴 머리나 가슴, 엉덩이 같은 것을 상상하며 지금 남성에게로 향하고 있는 나의 성적감흥을 여성 쪽으로 돌리려 애썼다. 그뿐만 아니라 지나가는 티비 광고를 볼 때도 무조건 여자한테만 시선을 꽂았고 남자가 입을 열거나 조금이라도 클로즈업되면 아예 채널을 돌려버렸다. 또한 남자에 관한 야릇한 상상들이 머릿속에 스멀스멀 끼어 들어오면, 거대한 유혹의 그림 조각들을 뿌리치기 위해 하루에도 수십 번 걸음을 멈추고 눈을 질끈 감았다. 나의 노력이 아무 소용 없다고 느껴지면 느껴질수록 더 이를 악물고 버텼다. '나는 여자를 좋아해!'라고.

나는 무슨 성직자처럼, 한창 성에 대한 호기심으로 가득 찬 그 시기의 나를 통제하고 구속했다. 나는 어렴풋이 느끼기 시작했다. 스스로 안아줘야 할 진짜 나를 외면한 채 내 안에 없는 다른 존재가 되기 위해 연기하는 삶이란 얼마나 힘든 것인지를. 그렇지만 여자를 좋아하는 남자, 즉 정상적이고 평범한 남자가 되겠다는 나의 소망은, 지난 15년간 세상으로부터 받아온 잘못된 가르침으로 인해 아직 활활 타오르고 있었다.

나는 으레 같은 반 친구들끼리 나누는 대화 주제, 여성을 대상화시킨 거만하고 변태적인 대화를 조용히 경청했다. 그들은 나보다 일찍 성에 눈뜨고 앞서나가는 것처럼 보였다. 나는 그들이 '왜' 여자를 좋아하는지 알기 위해 그리고 그걸 나도 느끼기 위해 애썼다. 나는 그 노력의 일환으로, 가족 모두가 잠든 새벽 두세 시쯤, 문고리가 떨어져 나가서 잠기지도 않는 내 방문을 조심히 틀어막으며, 몰래 다운받은 가학적이고 불합리한 야동 속 여성에게 집중했다. 여성이 짓는 표정과 신음 소리에 어떻게든 자극을 발견하려고 애썼다. 남자는 절대 쳐다보지 않았다.

'걔네들도 남자고 나도 남잔데 내가 왜 안 돼?'

그들의 당연하고도 자연스러운 그 모든 것을 닮기 위해 영상 속 신음하는 여성을 한 장면도 놓치지 않았다. 교탁에 기대 간밤에 본 야동의 추억을 신나게 떠들던 그들의 모습을 나에게서도 발견하기를. 그들이 발견한 여자의 섹시함이라는 게 뭔지 나도 알게 되기를. 간절히 바랐다. 결론부터 말하자면, 그건 정말 곤욕이었다. 우리 반 애들은 도대체 저게 뭐가 좋다는 거지? 나는 영상 속 누워 있는 여성을 보며 '여자 몸은 참 징그럽구나', '연기가 너무 티 난다', '근데 저건 남자만 좋은 게 아닌가?' 하는 의문만 쌓여갔다. 가끔은 너무 아파 보였다. 저런 모습을 보면서 흥분한다니, 이해가 안 갔다. 내 등 뒤의 천사는 쯧쯧거리며 이렇게 속삭였다. 여자 바로 반대편에 진짜 너를 살아 숨 쉬게 하는 대물… 아니 대상이 있는데 왜 보질 못하니?

천사의 말은 무시한 채, 나는 매일 밤 야동 속 여성에게 집중하는 '훈련'을 했고 '나는 여자만 생각하면 눈이 돌아가 버리는 미친 속물이다!'라고 끊임없이 스스로를 세뇌시켰다. 반에서 유독 성에 집착하는 얼간이들은 다 내 롤모델이었다. 정말 정말 간절하게 빌었다. 제발, 걔네들처럼, 여자를 좋아하게 해주세요…!

그리고 몇 주가 지났을까. 이 불가능한 작전은 결국 나를 타성에 젖게 했다. 나는 가학적이고 불합리한 영상 속 여성에게서 그 어떤 자극도 받을 수 없었다. 어느새 적응이 돼서 거북함도 사라지고 아예 무념무상이 됐다. 조용히 현타가 왔다. 내가 이걸 왜 보는 거지? 이제 인정해야만 할 것 같았다. 나는 여자를 보려는 것이 아니라 남자를 외면하려는 것이었음을. 어쩌면 요 며칠간, 여자를 좋아해야 한다는 그 원대한 미명 아래 실은 남자의 몸을 훔쳐보고 싶어 영상을 켜는 시간을 기다려왔음을.

생각보다 본능의 힘은 어마어마했다. 15년간 학습되어 차곡차곡 내재된 내 안의 괴물과의 팔씨름에서 슬슬 이겨나가고 있었다. 이러다간 본격적으로 게이야동으로 옮겨 가기 십상이었다. 묘한 감정이 들었다. 도대체 뭐가 맞는 거야? 그런데, 틀린 건 또 뭐지?

나는 타성에 젖어가는 나를 조금씩 용인하고 있었다. 생각하면 할수록, 내가 게이를 끔찍이 싫어한다는 점 빼고는(그것도 왜 싫어하는지 이유를 댈 수 없었다.) 내가 게이인 게 이상할 건 없었다. 지극히 자연스럽게 그리고 순수하게 누군가를 좋아하는 것일 뿐이다. 그리고 정말로 그렇게, 지금 같은 반 친구를 좋아하고 있지 않나. 나는 무엇보다, 그 친구를 좋아하는 마음을 스스로 억제하려고 발버둥 치는 게 너무나도 힘들었다. 이젠 그냥 맘 놓고 좋아해도 될까….

하지만 얼마 후, 최후의 솔루션을 발견한 내 안의 괴물은 결국 나를 악의 구렁텅이로 빠트리는 데 성공했다. 내가 중학생이던 시절에는 '다음 카페'라는 사이트가 유명했다. 반 애들 중 인지도가 꽤 있는 편이면 여지없이 자기만의 카페를 만들곤 했다. 나와 친했던 친구들 중 하나가 자기 카페를 가지고 있었고 어느 날은 내가 그 친구 카페 사진방에다 내 하두리캠을 한 장 올렸다. 그땐 캠 사진을 찍어서 인터넷에 올리는 게 유행이었다. 며칠 뒤 친구가 내게 물었다.

"김슬기! 어떤 여자애가 네 번호 물어보는데 알려줘도 돼?"
"뭐?"

"걔가 너 잘생겼대."

난 당황했다. 순간 뭐라고 대답해야 되는지 몰라 '업…' 하고 작은 탄성만 내뱉었다. 이런 적이 한 번도 없었거니와 나는 학교에서 잘나가는 부류도 아니고 이제 막 너드함에서 평범함으로 진급해 나가고 있는 중간 단계였기 때문이다. 지나치게 소심한 성격 탓에 친구 하나 사귀지 못한 지난 1학년 때의 나는, 그 수치스러움과 끔찍한 소외감을 2학년엔 되풀이하고 싶지 않아 부단히도 노력 중이었던 것이다. 나는 나의 노력이 효과를 보고 있다고 생각했다. 나보다 활발한 친구를 사귀고 대세를 따를 줄 아는 것(하두리 캠을 찍어 올린 것)은 사실 나에겐 매우 큰일이었다. 그런데 다른 학교 여자애한테 대시 연락까지 받다니!

결론부터 말하겠다. 나는 그 여자애와 한 달가량을 사귀었다. 그러곤 차였다. 그 애의 눈빛 속의 난 매력 없는 머저리일 뿐이었다. 높은 확률로, 내가 자길 별로 안 좋아했다는 걸 알아챘을지도 모른다. 아니, 더 정확한 표현으로는 '나에겐 여자를 좋아할 능력이 없다'이긴 하다. 나는 그 애에게서 아니, 여자라는 존재에게서 어떤 성적 감흥도 찾지 못했다. 차라리 둘도 없는 진정한 친구로 발전한다면 모를까, 늙어 죽을 때까지 애인은 될 수 없다는 확신이 들었다. 한 달 동안 실제로 만난 건 단 삼 일에 불과했고 그중

이틀은 기억조차 나지 않는다. 나머진 휴대폰 문자로 간간이 연락을 주고받은 게 전부다. 사실 그 애를 만나 사귀기로 한 지 한 시간도 채 되지 않아 이 만남은 잘못되었다는 걸 명확히 알았다. 난 후회했다. 여자를 좋아해 보려는 나의 노력은 이미 야동 속 여성들을 향한 내 얼음장 같은 시선으로 증명되었다. 더 이상은 무리다. 나는, 그 애를 좋아한 적이 없다. 사귀기로 한 그때부터 지금까지 그리고 앞으로도 영원히.

자신의 존재에 대해 너무 잘 알았지만 그 사실을 인정하기 싫었던 나는, 여자를 사귀어보는 경험을 꼭 거쳐야만 내 15년 혐오를 향한 양심의 가책이 덜어지기라도 할 것처럼 굴었다. 그 끝엔 '역시 아니군. 이제 맘 편히 남자를 좋아해도 되겠어.'라고 말하는 뻔한 내 모습을 이미 다 그려놓았다. 하지만 이 여자애는 분명 나에게 희망이었다. 내가 여자를 좋아할 수 있지 않을까? 야동에선 볼 수 없었던 풋풋한 설렘 따위를 느껴볼 수 있진 않을까? 아님 내가 지금 남자에게 성적 감흥을 느끼는 것처럼 이제부턴 여자에게도 그에 상응하는 감정을 깨닫게 되진 않을까? 양쪽 다 사랑할 수 있다면, 차라리 그게 낫지 않을까? 그래, 한번 사귀어보는 거야. 사귀어보면 뭔가 다를 거야.

"슬기야, 걔가 너한테 헤어지재."

그 애는 내게 다가왔을 때처럼 나를 찰 때도 친구의 목소리를 빌렸다. 그리고 그 애는 공교롭게도 우리 반 다른 친구와 곧 새로운 교제를 시작했다. 나는 한동안 그 녀석 얼굴 보기를 못내 껄끄러운 척했지만 사실은 그를 응원했다. 그 애에게 잘해주기를. 나는 그 애에게 차이면서, 더 이상 여자를 좋아하려는 멍청한 짓들을 하지 않기로 결심했다. 그건 나의 삶이 아니다. 그렇게 살면 타인에게 씻지 못할 상처와 피해는 다 주는 동시에 나는 결국 껍데기만 남겠지.

나는 비로소 내가 게이라는 사실을, 사실로 인정했다. 그거 아는가? 인정이라는 건 엄청난 마음의 평온함을 가져다준다. 그저 있는 그대로의 나 자신을 받아들이는 것이기 때문이다. 나는 온갖 좌절감, 절망감, 죄책감으로 얼룩진 나 자신에게서 벗어나 실로 거룩하고 원대한 해방감을 느꼈다. 매 순간 나를 짓누르던 짐 덩어리들이 순식간에 소멸해 그 빈자리에 시원한 바람이 불고 있었다. 더 이상 밀린 숙제를 하지 않아도 된다, 영원히! 이제 게이야동을 맘 놓고 감상해도 되고 더 이상 내 몸과 마음의 자연스러운 흐름을 중단시키고 고통스러워하지 않아도 된다. 그리고 이제, 내가 좋아하던 같은 반 그 친구를, 원 없이 좋아해도 된다.

나는 이렇게, 내 인생 고난의 첫 관문을 가까스로 통과했다.

늘,
짝사랑으로
끝났다

•

"살면서 가장 힘들었던 순간은?"이라는 질문에 "짝사랑했던 적."이라고 답했던 적이 몇 번 있다. 30년간 제일 힘든 경험이 고작 짝사랑했을 때라니 나약해 보일뿐더러 자랑할 만한 기억도 아니다. 하지만 아무리 골똘히 생각해 봐도 아직 짝사랑의 경험보다 더 힘들었던 적은 달리 떠올릴 수가 없다. 의자에 앉아서, 창밖을 보면서, 바닥에 누워서, 이제는 잡념 수준에 도달한 이 짝사랑에 대한 기억을 더듬었다. '그래, 그때 너무 힘들어서 지금 남아 있는 게 없는 거야.'라고 둘러댈 만큼, 그것은 내 안에서 '아주아주 깊은 슬픔'이라는 이름표를 달고 버티고 있다. 그래서 나는 이 경험이 내 인생의 가장 큰 슬픔이었다는 사실에 대해 더 이상 부끄러워하거나 눈치 보지 않으려고 한다.

작고 귀엽고 피부색이 하얀 열다섯 살짜리 남자아이가 있었다. 반 친구들보다 유난히 작아 교실 맨 앞자리에 앉았던 그 아이는 작은 체격에 맞게 남색 교복 재킷을 줄여 입고서 반질반질한 뒤통수만 내놓고 칠판을 바라보곤 했다. 그 아인 눈, 코, 입이 똘망똘망한 미남이었다. 웃을 땐 상대를 물로 만들어 증발시켜 버릴 정도의 화사함을 지니고 있었다. 아직 변성기가 찾아오지 않은 목소리는 그 아이의 모든 아름다움을 배가시키기에 충분했다.

그렇다. 내 생애 가장 높은 슬픔 난이도의 주인공이다. 그 아이의 옆 분단, 대여섯 번째쯤 뒷자리에는 얼굴이 점점 길어지고 입이 튀어나오기 시작한, 점점 자기가 못생겼다는 사실을 깨달아가고 있는 내가 있다. 나는 저 앞에서 홀로 자체발광하는 그 아이의 뒤통수를 하염없이 바라보곤 했다. 어떻게 저렇게 완벽할 수 있을까! 하지만 문제는 그가 남자라는 것. 아니, 내가 남자라는 게 문제인 건가. 아니, 우리 둘 모두가 남자라는 게 문제겠지. 나는 곧 좌절의 나락을 걷기 시작했다. 내가 자기를 좋아한다는 사실을 알면, 저 아이는 날 어떻게 생각할까?

내 나이 열다섯 살, 내가 나를 사랑하기로 한 다음부터 처음 얼마 동안은 사는 게 너무 편했다. 내가 게이라는 사실을 인정함으로써 더 이상 스스로를 괴롭히지 않아도 된다는 걸 알았기 때문이다. 눈앞의 좋아하는 상대를, 스스로에게 맘껏 좋아해도 된다고 말해도 되는 것. 하지만 그것은 축복이자, 축복 같은 함정이었다. 그 아이를 알고 난 이후로 나는 또 한 번 내가 남자를 좋아하는 남자라는 사실에 절망했다. 처음 내가 그 사실을 깨달은 직후보다 훨씬 더 크게. '아, 내가 방심했구나. 끝난 게 아니구나. 나 왜 이렇게 멍청하지….'라는 생각뿐이었다.

그냥 좋아해도 되는 줄 알았는데 그게 아니었다. 나 자신을 받아들임으로써 얻어낸 영원 같던 내면의 평화는 그 아이를 향한 마음이 깊어질수록 가속도가 붙으며 함몰되어 갔다. 지금 와서 생각해 보면, 그 친구를 향한 마음이 도달할 곳은 애초부터 없었기에 그 작은 좋아함이 쌓이고 쌓여 지독한 간절함으로 진화한 것 같다. 고백이라도 할 수 있다면, 정말 고백이라도 할 수 있다면 속이 다 시원할 것 같았다. 나 너 좋아한다는 티라도 낼 수 있었다면 혼자서 곪아 썩지는 않았을지 모른다. 겨우 게이인 나를 인정했는데, 산 넘어 산이라니. 아니, 어쩌면 이 모든 게 한 세트일 것이다.

게이로 살다 보면 명언이나 진리의 말씀이라고 하는 것들이(특히 사랑에 관하여) 딱 이성애자들한테만 허용되는 것처럼 들릴 때가 있다. 당시 내 필기노트 모퉁이에 적혀 있던 '사랑의 힘'이라는 제목의 짧은 글귀에서도 나는 그런 감정을 느꼈다. 내용은 대강 이랬다. '누군가를 사랑하면 말도 안 되는 상상을 하게 되고 곧 그것의 실현 가능성을 모색하게 된다. 그게 얼마나 턱없는 짓인지에

대해서는 별 신경 쓰지 않는다.'

사랑의 힘은 참 대단한 것이지만, 나에게는 반만 맞는 소리였다. 그 친구에 대한 나의 열망은 곧 '그 친구가 나를 어떻게 하면 좋아하게 만들 수 있을까?'라는 미친 상상에 사로잡히게 했지만 나는 그것이 망상에 지나지 않음을 정확하게 인지하고 있었다.

내가 사랑하는 사람이 만약 여자였다면 나 역시 인생의 가장 빛나는 순간을 놓치지 않기 위해 무작정 돌진했을 거라 확신한다. 그만큼 그 아이를 온몸을 다해 좋아했으니까. 그건 어쩌면 내 의지를 뛰어넘는 불가항력적인 일이기도 하다. 그런데 나에겐 그 젊음을 써볼 기회조차 없었다. 저 진리의 말씀 범주에 속한 사람들에겐 비록 무모한 불장난일지언정 순간을 장식하는 추억거리라도 될 텐데, 나는 그것이 애초에 불가능한 것이라는 걸 너무도 잘 알고 있었다.

평생 동안 거대한 바위에 짓눌림당하는 연약한 용수철처럼 단 한 발자국도 뗄 수 없다. 엎친 데 덮친 격으로, 진짜 문제는 따로 있다. 저 멀리 진리의 말씀 바깥으로 나가떨어진 내가, 그걸 알면서도 희망을 찾아 허우적댄다는 사실이다. 이게 진정 사랑의 힘이란 말인가? 나는 이성애자 남자가 남자를 좋아할 확률(그럼 애초에 이성애자가 아닌 게 돼버리지만) 그리고 나아가 그 이성애자 남자가 '그 친구'일 확률, 또 그 친구가 수많은 남자 중 '나'를 좋아할 확률에 대해 점쳤다. 그것이 가당키나 한지! 하지만 그때의 나에겐 충분히 가능했다. 가능해야 했다. 그래야 행복했다. 나는 이게 나 스스로를 말려 죽이는 행위라는 걸 알면서도 정말 마법에 홀린 사람처럼 혹시 모르는 가능성에 모든 희망을 걸었다. 이 기세대로라면 내일 아침 갑자기 지구 종말이 와서 그 친구와 나 딱 둘만 남아 그 친구가 비로소 남자에 눈을 뜨게 된다는 시나리오에도 충분히 희망을 걸만 했다. 아니면 내가 여자가 된다거나.

나는 이제, 그 친구가 실은 게이가 아닐까 하는 의심(믿음)의 눈초리로 그 친구의 행동 하나하나를 면밀히 관찰하기 시작했다. 같은 반 남자 친구들을 대하는 태도, 표정, 손짓과 발짓, 억양, 언어 습관, 그가 좋아하거나 싫어하는 것들에 대해. 그의 순간순간 빠르게 지나치는 모습들을 포착해 기억 저장창고에 쌓아두고는 최대한 이기적인 방법으로 데이터를 도출해 내려 애썼다. 최대한 희망적인 것들만 모아 세상에서 가장 긍정적으로… 그가 실은 남자를 좋아하고 있을지도 모른다는 미친 망상에, 그동안 모아놓은 온갖 증거들을 대입하면서….

어느 날 그 친구에게 여자친구가 생긴 걸 알았다. '그럼 그렇지, 쟤가 게이일 리 없어.' 나는 괜찮았다. 이미 다 알고 있었으니까. 물론 내가 괜찮을 수 있었던 때는 그에게 여자친구가 생긴 걸 알자마자 무너져 내리고 난 직후다. 그래, 이미 다 알고 있었으니까….

그동안 그의 시선에 띄기 위해 얼마나 많은 바보짓들을 했는지. 괜히 크게 혼잣말을 하고 물건을 떨어뜨리고 무언가 기쁜 일이 있는 듯이 굴고. 하지만 내가 무슨 별난 짓을 하든 그는 나를 좋.아.할.수.없.다. 그에게 나는 같은 반 친구일 뿐인걸. 여자를 좋아해 보려는 시도만 불가능했던 게 아니었다. 내가 사랑하는 사람이 나를 사랑하는 것 역시 마찬가지였다. 아니 그 불씨를 지펴보려는 행위 자체가 이미 불가능했다. 그건 내가 못생겨서도, 성격이 더럽다거나 목소리가 이상해서도, 내가 그의 스타일이 아니라서도 아니다. 그냥… 그는 날 좋아할 수가 없다. 내가 여자를 좋아할 수 없는 것처럼.

며칠 동안은 밤에 잠을 잘 수가 없었다. 눈을 감아도 보이고 떠도 보였다. 귀 바로 옆에서 목소리가 들렸다. 아무리 세게 귀를 막아도 들리고 두 손을 겹쳐 짓누르듯 눈을 가려도 보였다. 이불을 뒤집어써도 내 몸속에서 그 친구가 울렸다. 나는 새벽 내내 2평짜리 작은 방 안에서 발버둥 쳤다. 차라리 팔다리가 잘렸으면 좋겠다고 생각했다. 그만 좋아하고 싶었다. 제발 벗어나고 싶었다. 사랑이라는 건 늘 환희만을 가져다주지는 않는구나. 나는 생각했다. 내가 지금 느끼는 이 고통이 눈에 보인다거나 만져진다면 얼마나 좋을까. 고요한 발악이었다.

그 친구와 나는 같은 반이었지만 딱히 어울려 지낼 만한 접점은 없었다. 떠오르는 건 그의 밤톨 같은 뒤통수일 뿐이다. 둘이서 이렇다 할 에피소드도 없는데 왜 그렇게 좋아했을까, 왜 그렇게 힘들었을까? 나의 지독했던 감정의 고통이 어렴풋이 가슴을 스치고 지나간다.

에피소드랄 건 없지만 그 친구의 뒤통수 말고 기억에 남는 또 다른 것이 있다. 수학여행 중 국립공원 약수터에서 빨간 바가지에 물을 받아 마시던 그 친구의 뒷모습이다. 그 친구가 자리를 뜨자마자 허겁지겁 그가 있던 곳으로 가 똑같은 빨간 바가지로 물을 받아 마시던 내 모습이 떠오른다. 그가 입을 댄 곳이 손잡이에서 왼쪽이었는지 오른쪽이었는지 그새 까먹어 번갈아 한 번씩 입을 대고 마시던, 그 친구는 죽었다 깨어나도 모를, 징그럽고 애처로운 내 평화적인 짝사랑이 말이다.

나는 이와 거의 비슷한 중량의 짝사랑을 두어 번쯤 더 경험했고 그 마수에서 풀려날 때쯤엔 더 단단해져 있는 나를 보았다. 이런 것도 인생의 쓴맛 부류에 속하는지는 잘 모르겠지만 내가 한층더 강해진 것은 분명하다. 물론 그 과정엔 단점도 있다. 그리고 그 단점이 생각보다 치명적이다. 누군가에게 조금이라도 설레는 감정을 느끼면 거기서 도망치게 된다는 것. 그리고 나중엔 사람 자체가 영혼이 메마른다는 것. 그래서, 그때 그렇게 힘들었음에도 '그땐 내가 살아 있었지.'라는 생각에 잠기게 된다는 것. 안 좋았던 기억이 분명 더 큰데도 행복했던 기억만 쳐다보게 된달까. 이만하면, 사랑은 사람을 살게 하는 가장 강력한 마법이라는 말은, 진리의 말씀 밖으로 튕겨 나간 나 같은 사람에겐 마법이 아니라 저주에 가깝다는 생각도 든다. 살아가는 삶을 택하자니 너무 고통스럽고 그 삶에서 도망치려니 죽어가는 삶과 다를 바 없다. 어떻게 해야 하는 걸까. 가끔 〈채널 김철수〉 사연읽기 생방송 중 이성애자를 짝사랑한다는 사연이 나올 때면 '그냥 즐겨보면 어때요?'라고 막말에 가까운 소리를 내뱉기도 한다. 나도 그렇게 하지 못했으면서 말이다.

가끔 이런 생각을 한다. 이제는 또 다른 고통으로 갱신이 될 때도 됐는데, 10년도 더 지난 어릴 적 경험 속 자양분이 슬슬 밑천을 드러내기 시작한 것 같다는 생각 말이다. 스스로 느끼는 위기의식이랄까. 어쩌면 이 짝사랑의 경험이 나를 이렇게나 무던히 만들어놓아 그 다음이 쉽지 않은 것도 같다. 그래, 내 생애 가장 힘들었던 적, 짝사랑했던 적, 안 바뀌어도 좋으니까 무슨 고통이든 겁내지말고 부딪쳐보자. 그때 나를 살아 있게 만든 건 운 좋게(혹은 더럽게 운 나쁘게) 찾아온 사랑 때문만이 아니다. 뒤따라 들어온 역경을 참고 버티려 애썼기 때문이기도 하다. 젊음의 힘을 조금 받긴 했지만 지금은 그 젊음이 남겨준 방패가 있다. 이 정도 방패를 만들어 놓고 부딪치지 않으면 이 방패가 너무 억울하지 않겠나.

탑이에요,
바텀이에요?

●

사람들은 내가 얼마나 여성스러운지, 정말 애널섹스를 하는지, 내가 탑인지 바텀인지 궁금해한다. 겉으론 쿨한 척 하지만 맘속에선 내가 여자 역할을 하는지 남자 역할을 하는지가 그토록 중요한 것이다.

그들은 눈앞의 상대가 손목이 과하게 꺾여 있다거나 목소리가 하이톤이라거나 또는 이와는 정반대라거나 하는 요소들로 자기의 예상이 맞았다는 듯 굴기도 하며 그렇게 함으로써 상대를 어떻게 대해야 할지 결정한다. 허구에 가깝든 진실에 가깝든 이미 만들어져 있는 익숙한 이미지를 재활용하는 것이다.

물론 모두가 그런 건 아니다. 특히나 요즘 같은 시대엔 더더욱 '나는 안 그런데'가 많아진 게 사실이다. 하지만 적어도 〈채널 김철수〉가 흥하기 시작했을 때 어떤 사람들은 이 궁금증을 댓글란에 있는 그대로 표출했다. "장호가 받는 쪽인 듯.", "의외로 철수가 바텀일 수도….", "둘 중에 누가 탑인가요? 둘이 탑탑 커플 아님?"

장호와 나는 소위 말하는 '끼'를 부리지 않아서인지 이에 대해서는 아직까지도 의견이 분분한 듯하다. 단지 장호가 피부색이 더 하얗고 더 잘 웃고 유순하다는 이유로, 또 내가 아저씨처럼 수염이 나고 장호보다 형이고 더 독불장군처럼 보인다는 이유로 장호가 바텀, 내가 탑일 것이라는 여론이 중론 정도 되려나. 그래서 그런 시선이 불편하냐고? 딱히 그렇지 않다. 이것도 어떻게 보면 캐릭터인데 잘 활용하면 득이 되지 않을까 싶을 뿐이다. 우린 유튜버니까! 그렇지만 이건 어디까지나 우리가 그런 사람들이라서 그런 거다. 그러니까, 사람을 마치 전시된 물건 취급하는 듯한 노골적인 표현은 자제해야 되는 게 맞다는 소리다. 무엇이든 지나치면 문제가 되는 법이니까. 좀 더 명확히 말하자면 이렇다. 장호나 나 같은 경우, 저런 질문들을 정면으로 마주한다고 해서 불쾌하다거나 상처를 입지는 않는다. 약간 피곤할 뿐이다. 도리어 저런 1차원적인 물음표들이 가끔은 필요하다는 생각도 든다. 종종 우리에게 저런 질문이 던져지길 원하는 것이다. 왜냐고? 그들이 하는 대부분의 질문들엔 '관심'이 내포돼 있기 때문이다.

눈앞의 두 남자가 커플이라는데 정말 순수하게 궁금할 수 있지 않은가. 그 둘을 어떻게 바라봐야 할지 헷갈릴 수 있는 것이다.

그들에게 분별은 '이해'하기 위한 수단, 그 이상도 그 이하도 아닌 셈이다. 이성애자가 본인에게 익숙한 이성애 중심적 사고로 바라보는 게 잘못인가? 아니, 이게 이성애 중심적 사고가 맞긴 한가? 그냥 원초적 궁금증 정도로 표현하는 게 더 합당하진 않을까. 게이인 나도 같은 게이를 보면서 누가 여성성이 짙고 누가 남성성이 더 짙은지 판독부터 하고 보는걸? 여하튼, 그런 그들이 우릴 이해하기 위해 던지는 가장 쉽고 빠른 질문이 바로, "누가 남자 역할이고 누가 여자 역할인가요?"라고 생각한다.

세상에서 제일 멍청한 질문이자 무례한 질문이 아닐 수 없다. 하지만 그와 동시에 쉽고 간편하다. 물어보기도, 설명하기도, 이해하기도 말이다. 내가 정말 불편한 건, 도리어 그런 궁금증을 갖는 사람에게 무례하다며 손가락질하는 사람들이다. 잘 모르는 사람의 '작은 실수'에 지나치게 시니컬한 태도로 받아치는 것은, 실은 그의 작은 관심을 내치는 것과 같기 때문이다. 악의가 없는 사람을 몰아세우고 무안함을 안겨주는 것 역시 또 다른 무례가 아닌가. 발끝에 선을 그어두고 조금의 실수도 용납하지 않겠다는 감시의 태도를 유지한 채 내가 상대보다 위라는 듯 가르치려 들면 달라지는 게 아무것도 없다.

나는 유튜브 활동을 한 지난 몇 년간 단순한 호기심으로 다가온 이의 댓글에 다른 이들이 격하게 반응함으로써 싸움으로 번지

거나 혹은 원글의 작성자가 죄송하다며 글을 삭제하고 돌아가는 경우를 많이 보아왔다. 그럴 때마다 은은한 답답함이 몰려온다. 물론 상대의 진심을 백 퍼센트 읽을 수 없기에 상황마다 어떻게 대해야 하고 무엇이 맞는지 고심에 빠지는 것도 사실이지만, 그렇게 대번에 벽을 치고 '아님 말고' 식의 차단이 옳은 것인지는 잘 모르겠다.

나는 이런 유형의 트러블에 직면했을 때 각자가 보일 수 있는 기본적인 애티튜드가 있다는 걸 말하고 싶다. 간단하다. 시니컬하게 대응하는 게이를 봤다면 '아, 저 사람이 이 사회의 혐오와 편견으로부터 자신을 지키는 일에 많이 힘들고 지친 모양이구나.' 하고 생각하면 되는 것이고 다짜고짜 무례한 질문을 서슴지 않는 이성애자를 봤다면 '아, 잘 모르고 저러나 보다, 그래도 관심은 있네!'라고 생각하면 된다. 어떤가? 이보다 더 쉬울 수 있을까? 그리고 만약 내가 상냥하게 응수했음에도 상대가 뻔뻔스럽게 무례함을 고집한다면 그땐 참지 말고 싸우는 거다. 그러면 그 싸움 안엔 약간의 숭고함이 섞인다.

그런데 "누가 남자 역할이고 누가 여자 역할인가요?"라는 질문이 거부감 드는 진짜 이유는 따로 있다. 그건 후천적으로 부여된 각 성별의 낡은 사회적 인식 때문이다. 마치 역할론 같은 거랄까. 넌 바텀이니까(여자 역할이니까), 넌 탑이니까(남자 역할이니까), 이렇게 행동해야 하는 게 맞아, 내가 널 앞으로 이렇게 바라볼게, 라는 식이다. 여기엔 남성과 여성의 사회적 권력과 지위가 포함된다. 이는 남성성이나 여성성과는 완전히 다른 얘기다. 남성성과 여성성이 사람의 타고난 기질적인 것이라면 이건 그냥 똥이다. 남성성과 여성성이라는 게 말 그대로 얼마만큼의 경향성을 띤다 하더라도, 그것이 구태의연한 사회적 인식과 맞물려 어떤 행동 양식이 처음부터 정해진 것인 양 강요돼서는 안 된다. 그건 무식한 행태다.

그래서 '누가 남자 역할이고 여자 역할인가요?' 질문은 한편으론 씁쓸하다. 닳고 닳은, 한물간, 올드한, 시대착오적, 사회적 잣대를 들이밀고 우리를 그 사고 안에 욱여넣어 속단하려는 것처럼 들리기 때문이다. 만약 상대를 재단하기 위한 질문이 맞다면 그건 정말 '엿이나 쳐드세요'다. 우리는 그걸 '편견'이라 부른다.

이쯤 되면 눈치챘겠지만 탑, 바텀이란 말은 섹스 포지션에 그치지 않고 곧잘 그 이상의 의미를 부여받는다. 무슨 각본에 있는 역할처럼 바텀은 좀 더 여성성이 있는 사람이, 탑은 좀 더 남성성이 있는 사람이 배정받는 느낌이다. 여기서 한 가지 고발하자면 이는 게이를 바라보는 타인의 시선에서뿐 아니라 실은 게이 커뮤니티 내에서도 발견된다. 특정 집단만의 사고가 아니라는 얘기다. '남자가 어떻고 여자는 어떻고'는 집단의 문제가 아닌 사회의 문제다.

각자의 일상 속에서 소소하게 살아가는 다른 많은 사람과 같이, 어려운 소리를 하는 게 어려운 나는 대강 이 모든 걸 사회 탓으로 돌리고 갑작스럽게 글을 마치려 한다. 더 주절거리다간 나조차 내가 무슨 모순을 범할지 몰라 불안하기 때문이다. 아무튼 탑이 지나치게 남자다워 보이려고 애쓴다거나 반대로 바텀이 지나치게 귀여워 보이려고 애쓸 필요는 없을 것 같다. 이건 이성애자도 마찬가지다. 물론 이왕이면 그게 잘 먹히겠지만 말이다. 나는 그저 스스로를 어떤 포지션에 속박시키거나 타인의 시선과 낡은 사회 인식에 되레 속박당하지 않기만을 바랄 뿐이다. 인생은 단순 명료한 것. 복잡하게 살지 말고 나답게 살자.

고장 난 나를
정당화하는
핑곗거리

| 가족의 탄생 ① |

●

내게는 이 거지 같은 삶을 계속 살게 하는 꽤 설득력 있는 핑곗거리가 있다. 난 가끔 스스로에게, 내가 게이만 아니었어도 다른 사람들처럼 평균의 직장, 또는 평균에는 살짝 못 미치더라도 어쨌든 평범의 범주 안에 간당간당하게 들어오기는 하는 직장을 다니며 나름대로 안정적인 행복 속에서 잘 살아갈 수 있었을 것이라고 속삭인다.

이 실없는 소리는 '나는 게이라서 결혼도 안 하고 애도 안 낳고 그냥 혼자 살 건데 남들 다 다니는 회사 들어가서 뭐 하나, 그 사람들은 결혼도 하고 애도 낳고 가족이 있으니까 그렇게 사는 거지'라는 나의 고장 난 생각에 정당화를 부여한다. 말하자면 내가 게이라는 사실은, 그 나이대에 이룩했어야만 하는 사회적으로 약속된 절차에서 완전히 이탈한 내가 방어기제로 쓰기에 아주 좋은 도구인 셈이다. 이 단단한 방어기제가 내 인생을 어떻게 완벽히 차단해 현실감각에 무디고 무딘 김철수로 만들었는지 그 화려한 과거를 말하자면 이렇다.

2012년 겨울, 내 나이 스물넷. 잘 다니던 고깃집 서빙 직원을 그만두고 거기서 모은 돈 천만 원을 들고 서울로 상경했다. 그 고 깃집은 내가 이 회사 저 회사에서 떨어지기만 할 때, 입대 전엔 아르바이트로, 제대 후엔 직원으로 유일하게 날 받아준 곳이었다. 하지만 남들 사는 거 흉내나 내면서 사는 건 이제 지긋지긋했다. 갈비 2인분에 소주 한 병 들고 온종일 주방과 홀을 왔다리갔다리 하는 게 다 무슨 소용일까. 늙어 죽도록 서빙만 하다 인생 종 칠 수는 없었다. 나는 내 인생을 찾아 떠나야 했다. 이미 이름도 김철 수로 바꾼 뒤였다.

'이렇게 살다간 죽도 밥도 안 돼. 난 다른 사람들처럼 살 수 없어.'

고졸, 그 외 스펙 없음, 가난 그리고 성소수자. 네 개의 키워드 로 나를 정의하고, 이 암담한 현실에서 벗어나는 유일한 방법은, 유명해지는 것이라 생각했다. 그래서 나는 영화배우가 되기로 했다. 그것도, 떳떳하게 커밍아웃한 영화배우. 두둔!

이 엄청나게 비약적인 발상은 당시 이미 '나 자신을 숨기는 비현실적인 삶'을 살고 있다고 자평하던 내게는 그리 놀라운 일도 아니었다. 어차피 이렇게 계속 살아봤자 미래가 없었고 내 분수보다 조금 더 좋은 직장을 얻는다고 해도 사람들은 나를 그저 사회에 이바지하는 남성 노동자로 여길 것이다. 그는 곧 좋은 여자 만나 결혼을 하고 자식을 낳고 때때로 공원에 나가 돗자리 위에서 김밥을 나눠 먹고 둥실둥실 떠가는 구름이나 감상하겠지. 하지만 나는 그렇게 평범하게 살 수 없는 몸이었다. 타인에게서, 또 나 자신에게서 도망치는 삶을 감당할 자신이 없었다. 어쩌면 그래서, 회사에 취직한다거나 조직생활을 하는 게 싫었는지 모르겠다.

내 머릿속에 그려지는 사회생활이란 계급사회의 불편함, 비상식적인 일 처리, 안 맞는 사람들끼리 억지로 어울려 지내야만 하는 것이었는데, 애초부터 나는 그런 쪽의 삶을 살고 싶지 않았던 것 같다. 내가 하고 싶지도 않은 일을 남 눈치 봐가며 해야 해? 그건 인생 낭비! 그런데 나에겐, 정말 이런 것들을 안 해도 되는 핑계이자, 지나치리만큼 이상적이지만 한번 걸어볼 만한 꿈을 꾸게 만드는 확실한 명분이 있었다. 결국, 내가 게이라는 사실에 다시 도달했다.

서울로 떠나기 며칠 전, 아빠한테 영화배우가 되겠다고 털어놓았다. 아빠는 내가 서울로 떠나는 이유가 취업 때문이라고 알고 있던 차였다. 이러나저러나 그저 돈 벌어먹으려고 떠나는 거겠지 싶었을 것이다.

나는 초조한 상태로 내 방에 틀어박혀서, 반대편 벽에 기댄 채 텔레비전을 시청 중인 아빠의 컨디션이 '좋음'이기만을 바랐다. 하지만 거실 텔레비전은 맞은편 아빠를 웃겨주지 못하는 듯했다. 텔레비전이 꺼지고 작은 쿵 소리와 함께 마침내 그가 몸을 일으키는 소리를 들었을 때, 나는 문을 열고 외쳤다.

"나 영화배우 될 거야. 연기학원 다니려고."

나는 아빠의 미간을 3초간 똑바로 바라보았다. 대충 오기로라도 좀 떳떳하고 싶었다. 그 순간 그는 내가 다 식은 훈제오리 앞에서 커밍아웃했을 때보다 백 배는 더 놀란 표정이 되어 나를 내려다보았다. 아니, 놀랐다기보단 충격에 가까운, 어안이 벙벙한 표정이었다. 사는 게 힘들어 자살까지 결심했던 당신도 게이 아들의 영화배우가 되겠다는 선언 앞에선 결국 진실의 표정을 감추기 힘들었나 보다.

"니 스스로 생각하기에, 니가 잘생겼다고 생각하냐?"

비꼴 생각이 추호도 없음을 억양 안에 가득 실어 넣으며 그가 물었다. 내가 얼마나 정신을 못 차렸는지, 당신 아들에 대한 재평가가 시급해 보였다. 나는 대답하지 못했다. "잘생긴 사람만 배우 하는 게 아냐! 개성 있고 멋진 배우들이 얼마나 많은데?" 따위의 말들이 머릿속에 맴돌았지만 왠지 자신이 없어 웅얼거리기만 했다. 아빠의 한숨이 내 방 문턱을 넘어 해일처럼 나를 덮쳤다. 이어서 아빠의 낡은 뒤꿈치가 쓱쓱 소리를 내며 내 반대 방향으로 멀어져 갔다. 아빠도 나도 이 영화배우라는 꿈이 얼마나 허무맹랑한 것인지 잘 알고 있었다. 어쩌면 현실도피를 위한, 급조된 설정이었을지 모른다. 한때는 영화배우가 되는 것이 '나'라는 특이한 사람에게 딱 맞는 운명이라고 받아들였던 적도 있지만, 애초에 그것을 향한 나의 열정은 존재하지 않았다.

그 뒤로 나는 서울시 은평구에 한 커다란 옥탑방을 구했다. 내가 왜 이 옥탑방으로 이사를 왔는지 알면 내가 얼마나 허무맹랑한 놈인지 좀 더 잘 이해할 수 있을 것이다.

'연신내역 옥탑 독채 4번 출구 7~8분 거리 15평 500-35'

한 부동산 직거래 사이트에 올라온 최신 게시글이 내 시선을 끌었다. 클릭하자 드넓은 거실과 꽤 큰 방 하나 그리고 화장실 사진이 업로드돼 있었다. 굉장히 온화하고 아늑한 분위기였다. 특히 예쁜 식탁과 커다란 소파, 전문가 느낌이 물씬 풍기는 사무용 책상과 장식장, 창문에서 스며들어오는 따스한 햇살은 단박에 내 마음을 사로잡았다.

'우아, 되게 좋다….'

안 그래도 옥탑방에서 한번 살아보고 싶었는데, 집도 넓고 좋잖아? 사진들을 보다 보니, 나의 근사한 첫 자취방에 관한 망상들로 마음이 들뜨기 시작했다. 옥상도 혼자 쓸 수 있고 집도 15평씩이나 되니 늘 키우고 싶었던 고양이를 키워도 문제가 없을 것 같았다. 조급한 마음으로 이 게시글의 조회수를 확인했다.

누가 벌써 계약한 건 아니겠지? 보증금 오백만 원에 월세 삼십만 원 선에서, 이보다 더 좋은 매물은 있을 수 없었다. 나는 바로 집주인에게 전화를 걸었다.

"안녕하세요, 집 아직 안 나갔죠? 내일 보러 갈 수 있을까요?"

다음 날 캄캄한 밤이 되어서야 연신내역에 도착했다. 나는 아산에선 볼 수 없던 북적이는 사람들과 빛나는 간판 불빛들에 홀려 이곳이 바로 내가 살게 될 땅이라 확신했다.

"저희 직장이 강남으로 바뀌어서, 그쪽으로 이사 가야 해서요."

젊은 신혼부부였다. 여자는 내가 방을 천천히 둘러볼 수 있도록 더 이상 아무 말도 하지 않았다. 내가 다시 거실 쪽으로 천천히 이동할 때 화장실에서는 이제 막 샤워를 마친 남자가 하얀 전신 가운을 걸치고 나오고 있었다. 그는 날 발견하고는 멋쩍은 인사를 건넸고 나는 묵례로 답했다. 마침 화장실만 둘러보면 확인이 끝나는 상황이기에 그가 문 옆으로 비켜나길 기다렸다. 그때였다. 남자 뒤 활짝 열린 화장실 문 안에서 하얗고 따스한 수증기가 한꺼번에 쏟아져 나오는 걸 보았다. 이내 어릴 적 많이 맡아봤던 부드럽고 산뜻한 비누 냄새가 코끝을 건드렸다. 범람하던 온기가 터져 나와, 어느새 내 목과 귀, 양 볼을 미세하게 감쌌다. 순간, 그것이 너무나 포근하게 느껴졌다. 정말 사람 사는 집 같았달까. 하나의 희망 같은, 이 집에서 잘 살 수 있으리라는 예감이 들었다.

"여기 제가 계약하고 싶은데… 언제가 가능할까요?"

수증기 가득한 그 장면을 본 순간, 이 집을 계약해야겠다고 마음먹었다. 비록 처음으로 본 집이었지만 두 눈으로 똑똑히 확인했기에 다른 방을 더 찾아보지 않은 걸 아쉬워하지 않았다. 오히려 운이 좋았다고 생각했다. 연신내라는 지명도 난생처음 듣는 이름이었지만 서울이기만 하면 그곳이 어딘들 별 상관도 없었다. 나는 그보다, 그 어여쁜 집에서 맞게 될 첫 아침이 기다려졌다.

충격적인 일은 이삿날이 되었을 때 펼쳐졌다. 화창한 아침, 이 삿짐센터 직원들이 바쁘게 계단을 오르내리며 내가 봤던 소파며 책상, 옷걸이 등 모든 걸 집 밖으로 실어 나르는 중이었다. 그 젊은 신혼부부가, 그 집의 가구들을 모조리 가지고 나가고 있었다! 나 는 눈앞에서 펼쳐지는 이 엄청난 사기극에 부랴부랴 세입자를 찾 았다. 여자가 보였다. 나는 내 것이라 여겼던 그것들이 이미 빠져 나가고 없는 현관의 허공을 가리키며 물었다.

"저기, 저 소파랑 책상이랑… 다 가져가는 거예요?"
"아, 네. 혹시 책상 필요하시면 삼만 원에 쓰실래요?"
"아… 아뇨."

나는 대단한 순발력으로 여자를 외면하고 돌아섰다. 내 게 아 닌가? 순간 나는 초속 천 미터짜리 소총에 머리를 정통으로 맞은 사람처럼 가만히 멈춰서 몇 초를 흘려보냈다. 심장이 쿵쾅쿵쾅 뛰 기 시작했다. 곧 본능처럼 깨달았다. 아, 저건 내 것이 아니구나. 저 사람 거구나. 내가 뭘 잘못 알아도 한참을 잘못 알았구나. 뛰던 심장이 덜컹 내려앉아 아예 나랑 분리된 것만 같았다. 그녀가 나 의 어리숙함을 눈치채진 않았을까 소름이 끼쳤다.

그랬다. 내가 그 집을 계약하는 데 지대한 영향을 끼친 그것, 그 어여쁜 가구들은 하나부터 열까지 몽땅 그 집의 세입자 것이었다. 나는 내가 저 집을 계약하기만 하면 저 집에 있는 모든 것이 다 내 것이 되는 줄 알았다. 아니었다! 정말 어마어마한 착각이었다. 내 건 아무것도 없었다.

모두가 빠져나간 후 텅텅 빈 15평짜리 컨테이너에 싱크대 하나 달랑 남아 있는 걸 보며 나의 어리숙함에 치를 떨었다. 내가 가져온 것이라곤 할머니가 꼭꼭 챙겨준 겨울이불 몇 점과 좋아하는 만화책 몇 권, 옷들 그리고 더 이상 살 것이 없을 거라 생각했던 나의 철석 같은 믿음이었다. 머리끝에서부터 발끝까지 수치스러운 전율을 느꼈다. 한 달만 더 있으면 스물다섯 살이 되는 나의 이 불명예스러운 사태에 대해, 그 누구도 탓할 수 없는 자발적인 행동의 결과에 대해, 한없이 작아짐을 느꼈다. 정말 이런 흑역사가 또 있을까. 도대체 이 정도의 현실감각으로 나는 어떻게 살아온 걸까. 내 현실감각의 성장을 저해하는 요소는 무엇이며 내 시간은 도대체 어느 시점에 머물러 있는 걸까. 그해 11월, 텅 빈 방 안에선 허연 입김이 새어 나왔다.

나는 곧 냉장고, 식탁, 세탁기, 책상, 옷걸이 등 당장 필요한 물품들을 모두 구입해 옥탑방에 채워 넣었다. 하지만 이는 가구라기

보다 살아가기 위한 필수품에 가까웠다. 옥탑방치고는 꽤 넓은 15평의 방이라 그런지 공간은 여전히 허전했다. 이 집을 인터넷에서 처음 발견했을 때가 떠올랐다. 그 사진 속 공간과 자꾸만 비교가 됐다. 뭔가 심심하고 어설픈 것이 확실히 사람 사는 냄새가 덜 났다. 뭐 어쩌랴, 김슬기에서 김철수로의 인생 첫걸음이 이 정도면 나쁠 것도 없었다.

나는 곧 하루 10시간, 주 5일, 야간 편의점 아르바이트를 시작했고 연이어 연기학원을 등록해 하루 2시간, 주 3일을 다녔다. 그리고 고양이도 키웠다. 사실 아르바이트를 시작하고 첫 월급을 받기도 전에 고양이부터 데리고 왔다. 그렇게 내 통장 잔고는 바닥이 났다.

나는 야간 편의점 아르바이트로 한 달에 백사십만 원 정도를 벌어서 집세, 연기학원 수업료, 식비, 기타 생활비, 고양이 양육비로 매달 거의 다 썼다. 그중 가장 큰 지출은 한 달에 사십만 원을 내야 했던 연기학원 수업료였다. 하지만 아깝지 않았다. 나는 내가 서울로 상경한 이유에 걸맞게 행동하려 노력했다. 앞서 밝혔듯, 연기의 이응만큼도 열정 없던 나였지만 짐짓 적극적인 자세로 거울 속의 나를 응원했다. '시간이 흐르다 보면 점점 좋아질 거야'라고 되뇌었다.

본격적인 연기학원 생활은 어땠는지, 누구랑 친해졌고 실력은 좀 늘었는지, 아르바이트는 할 만했는지, 고양이와의 삶은 어땠는지 등 더 자세히 얘기할 수도 있겠지만 사실 내가 하고 싶은 이야기는 이 모든 게 총체적 난국으로 변모한 6~7개월 뒤의 일이다.

그 시기를 한마디로 정리하자면 '열정도 없는 일에 인생을 걸어 서울까지 올라온 한 머저리의 말로'가 될 것이다. 게이라고 떳떳하게 커밍아웃하고 활동하는 영화배우? 그 원대한 이상은 매달 의미 없이 빠져나가는 사십만 원 앞에 무릎을 꿇었다. 연기학원을 그만둔 것이다.

현실에
발 딛게 해준
너

| 가족의 탄생② |

●

열정이란 건 만든다고 만들어지는 것이 아니었다. 마치 내가 여자
를 좋아하기 위해 억지 노력을 했던 것과 비슷하다고 할 수 있다.

하루 열 시간 밤을 꼬박 새우고 잠은 너덧 시간을 자면서 대본
을 외우고 또 연습하고 강북에서 강남까지 통학하는 건 '연기가
죽도록 하고 싶다.'라는 분명한 열망이 없으면 안 되는 일이었다.
날이 갈수록 피곤이 중첩되어, 학원을 그만두기 전 마지막 한 달
은 우울과 피곤에 찌든 시간을 보냈다. 잠든 지 5분도 안 된 것 같
은데 알람이 울려 나가야 하는 참담함, 내가 지금 이걸 왜 하고 있
는지 모르겠는 열정의 부재. 억지로 눈을 뜨고 천근만근인 몸을
일으켜 세워 집을 나설 때는, 죽지 않았어도 여기가 지옥이구나
싶을 만큼 힘겨웠다. 두툼게 쌓인, 외워본 적 없는 과제 대본들은
결국 다시 펼쳐지는 일 없이 쓰레기통에 버려졌다.

그런데 연기학원을 그만둔 건 비단 열정의 부재 때문만이 아니다. 내가 꾀죄죄한 몰골로 썩은 시궁창 같은 삶을 이어갈 때 지속적인 부담과 죄책감을 안겨준 존재가 있었다. 바로 고양이다. 한번 집을 나서면 다시 돌아와 신발을 벗기까지 열 시간 이상이 소요됐으니, 그 오랜 시간 홀로 집에 남겨져 있었을 새끼 고양이가 나는 어지간히도 신경 쓰였다. 그 때문에 집에 돌아오면 대본보단 고양이가 우선이었고 고양이와 함께 보내는 시간도 중요했기에 나는 잠도 너덧 시간밖에 잘 수 없었다. 고백하자면 내 열정은 연기학원이 아니라 고양이에게로 가 있었다.

고양이냐 연기학원이냐의 기로에서, 우습게도 나는 연기학원을 선택하고 고양이를 파양하기로 결심했다. 그런데 사실 이 둘을 놓고 결정해야 했을 그 마지막 한 달 즈음엔 이 둘 모두에게 일말의 책임도 지지 않고 있었다. 연기학원은 진작에 영혼이 가출한 상태로 의무감에 가는 상황이었고 고양이라는 동물에 대한 신비감이나 흥미도 완전히 바닥 난 상태였다. 나는 빗질도, 밥그릇을 씻어주거나 놀아주는 것도 일절 하지 않았다. 그저 마음속의 부담감과 죄책감이 익숙해져서 무뎌질 때까지 계속 방치해놓았다. 게다가 새끼일 땐 몰랐는데 좀 커지니 털이 미친 듯이 빠져서 바닥, 옷, 음식 할 것 없이 집 안 모든 곳이 털의 향연이 되어 나를 괴롭혔다. 고양이는 갈수록 마음의 짐이 되어갔지만 반대로 연기학원은 그럼에도 해야만 하는 일이었다.(학원도 안 다니고 돈만 날리고 타지에서 허송세월만 한다면… 아빠 얼굴은 어떻게 볼까!) 나는 경제적 상황과 시간적 여유의 부족함을 핑계로 고양이를 파양하는 게 맞다고 판단했다. 또 조금이라도 어릴 때 아니면 파양도 힘들지 싶었다.

'아비시니안, 7~8개월, 수컷, 10만 원. 가정분양으로 데리고 왔던 녀석입니다. 사람을 정말 좋아하고 아주 건강합니다. 중성화는 아직….' 주말 밤, 집 근처 피시방에서 글을 끄적였다. 내가 이 녀석을 데리고 올 때 이용했던 고양이 분양 전문 사이트였다. 나는 완료 버튼을 누르기에 앞서, 내용란을 드래그하면서 마지막으로 작성한 글과 사진을 검토했다. 우습게도 10만 원을 20만 원으로 고쳐 썼다가 다시 되돌려놓기를 반복했다. 사진 속의 녀석은 지금과 같은 순간이 찾아오리라는 건 조금도 알지 못한 듯 의자 방석 위에서 게슴츠레한 눈으로 졸고 있었다. 다른 한 장에선 냉장고 위에 올라가 나와 손가락 장난을 치는 모습이었다. 저땐 이럴 줄 알았을까.

문득, 아르바이트를 끝내고 우리 고양이 잘 있나 노심초사하며 집까지 날아가던 내 모습이 떠올랐다. 나는 '10만 원'으로 최종 결정한 뒤 또 한 번의 큰 한숨과 함께 거의 180도까지 젖혀지는 피시방 의자에 풀썩 누워버렸다. 천장의 주황색 조명이 그 녀석 털 색깔과도 같았다. 이상했다. 아까 전, 그 녀석이 있던 마지막

방 풍경을 확인 후 뒤돌아섰을 땐 분명 오늘로써 끝이라는 확신에 찬 상태였는데, 지금은 그 확신이 반으로 줄어버린 것만 같았다. 머릿속엔 아까의 방 풍경이 다시금 떠올랐다. 바닥 모서리의 작은 털 뭉치들, 받아놓은 지 3~4일은 된 물그릇 위 젖은 털들, 부엌 형광등 불빛 아래 부유하는 털들, 식탁 위 고양이 한 마리.

'제대로 잘 키워보지도 못했는데.'

천장의 주황색 조명 불빛이 자꾸 그 녀석처럼 보였다. 어떡하지. 어떡할까. 분양가까지 모두 책정해 놓고 이제 와서 나는 꽤나 진지하게 고심했다. 내가 고양이를 키울 수 있을까. 내가 어떤 삶을 살든 이 작은 털 짐승이 내 옆에 있도록 할 수 있을까. 나를 둘러싼 외부의 환경을 모두 제외한 채 오직 고양이와 나에 대해서만 정면으로 고민해 본 건 분명 그때가 처음이었다. 그리고 그것은 오히려 내 어지러운 생각들을 서서히 단순화하기 시작했다.

'이건 연기학원과 고양이의 문제가 아니야. 고양이를 책임질 것이냐, 버릴 것이냐의 문제야.'

직설적이고 확실한 선택지를 내놓자, 그동안 고양이를 '버리는' 행위를 포장하기 위해 얼마나 많은 미사여구를 갖다 붙였는지 저절로 알게 되었다. 왜 진작 정면으로 부딪치려 하지 않았을까. 어지럽게 방치되어 있던 문제들이 '뿅' 하고 사라지고 머릿속이 명료해짐을 느꼈다.

벌여놓은 일을 감당 못 하고 비겁하게 외면해온 나는 그런 내 모습을 인정하고 마주해야 하는 일이 두려웠다. 고양이는 그 속에서 철저한 피해자였다. 이제는 온전히 그 녀석을 받아들일 것인지 아니면 내칠 것인지를 결정해야 했다. 한편 머릿속에선 그 녀석을 뒤로하고 집을 나설 때의 마지막 방 풍경이 끊임없이 아른거렸다. 이미 내 안에 들어와 있는 그 녀석의 풍경이었다.

이 진짜 선택지 앞에서 한결 가벼워진 마음으로 어느 한쪽을 선택할 수 있을 것만 같았다. 나는 완료 버튼을 가리키고 있는 커서를 옮겨 창을 닫아버렸다. 자리를 박차고 일어나 집을 향해, 그 방의 풍경을 향해 걷기 시작했다. 이 우습고 유치한 이야기가 만약 드라마라면 아주 비장한 배경음악이 깔려야 할 것이다. 나는 그동안의 고심과 번뇌가 무색하게, 무슨 진리라도 깨달은 사람처럼 고양이가 있는 집 안으로 저벅저벅 걸어 들어갔다. 그리고 고양이를 말없이 들어 올려 안았다. 사람 사는 냄새가 조금 덜 나는, 텅 빈 느낌이 드는 15평짜리 컨테이너에서 녀석의 털을 얼굴에 비비며 안았다. 가족이 탄생한 순간이었다.

"아배붑- 아이, 예쁘다…."

아배붑은 알까. 자기가 왜 여기에 있는지. 그는 나랑 닮아 있었다.

나는 곧 연기학원을 그만두었다. 노력도 하지 않으면서 돈은 돈대로 나가는 것에 양심의 가책을 느끼면서도 나는 학원 다니는 걸 쉽게 포기하지 못했었다. 내가 이 소명 의식을 포기하는 순간 정말 이 사회에서 온전히 버려질 것 같았기 때문이다. 그 소명 의식이 실은 거짓된 것일지라도.

이제 나는 내 존재 이유에 대해 설명할 수 없다. 서울엔 왜 왔는지, 이름은 왜 바꿨는지, 고양인 또 왜 키우고 있는지 모르겠다. 어쨌든 집세도 내야 하고 고양이도 먹여 살려야 하니 편의점 야간 아르바이트만큼은 쉬지 않고 계속해야 했다. 내 가구들로 채워진 남의 집에서 고양이 한 마리와 시작한 방황이었다.

의미도 목적도 상실한 채 비루한 일상을 이어가던 어느 날이었다. 거실에 누워 스마트폰을 만지작거리는데 뉴스기사 제목 하나가 눈에 들어왔다. '연애, 결혼, 출산, 인간관계, 내 집 마련… 대한민국 청년 절반이 5포세대' 5포세대…? 다섯 가지를 포기? 이거 완전 내 얘기잖아? 그 아래 연관 기사에는 '5포세대? 이제는 7포세대!'라는 제목이 붙어 있었다. 새롭게 추가된 두 개의 숭고하고 존엄한 가치는 바로 꿈과 희망이었다. 나도 모르게 허리를 곧추세워 기사를 정독했다. 기사를 다 읽고 나서는 묘한 소속감을 느꼈

다. 나만 이따위인 건 아니구나. 하지만 다른 한 가지, 나는 그냥 7
포 세대도 아니고 7포 게이 세대다.

난 내가 평범하지 못하다고 생각했다. 그래서 평범한 삶도 살
수 없다고 생각했다. 아니 정확히는, 내가 평범한 사람이라는 걸
내 주변 사람들에게 알리는 일이 저 아득한 심연처럼 막막하고 위
험천만해 보였다. 옆집 이웃에게 나는 여자가 아니라 남자를 꿈꾸
고 있으며 자식 대신 고양이를 키울 거라 말하는 것, 내가 다닐 직
장 동료들에게 내가 게이라는 사실을 알리고 세상이 나를 속이지
않도록 하는 것. 그건 불가능에 가까운, 끝이 보이지 않는 버거운
일이었다.

내가 게이라는 사실은 나를 계속 도망치게 만드는 나태의 도
구일지도 모른다. 하지만 내가 살고 싶어 퍼덕일 때 필요한 날개
같기도 하다. 딱히 볼품은 없을지라도 말이다. 그런 점에서 영화
배우라는 허상은 그 날갯짓의 스타트를 끊기엔 꽤 괜찮은 명분이
었음이 틀림없다. 그 허상이 날아간 자리에 네 발 달린 가족이 생
겼으니까.

이 최초의 가족의 탄생이 있기까지 내 자의적인 힘은 과연 얼
마만큼의 퍼센티지를 차지하고 있을까. 나 스스로 고민하고 결정
한 일은 어느 정도일까. 그냥 어떻게, 어쩌다가 못난 짓만 하던 와
중에 과한 의미를 부여하는 것 같기도 하다. 하지만 확실한 것 한

가지, 그때 완료 버튼을 누르지 않은 나 자신에게 고맙다. 만약 그때 버튼을 눌렀다면 내 인생도 그때 같이 '완료'돼버렸을 것이다. 10만 원과 함께.

내가
미아동에
온 이유

●

지금으로부터 대략 7년 전쯤 이야기다. 당시 내가 아르바이트했던 편의점의 근무 기간은 두 달이 최대치였다. 같이 일하던 사람도, 교대하던 사람도 두 달이 채 안 돼 새로운 얼굴로 바뀌었다. 손님이 더럽게 많았기 때문이다. 그날도 출근해 보니 카운터에서 처음 보는 얼굴이 나를 반겼다.

"안녕하세요!"

보통 알바들은 내가 들어오면 스마트폰이나 쳐다보면서 모른 체하거나, 인사를 하는 둥 마는 둥 얼버무리고 마는데, 이 친구는 아주 적극적으로 날 반겼다. 내가 흠칫하며 쳐다보자 나를 응시하던 얼굴이 환하게 웃고 있었다. 내가 교대하러 온 게 저렇게 기쁜가? 쟤도 오늘이 마지막인가? 싶었다.

"새로 오셨네요."

"네! 오늘부터…."

그의 생김새는 내가 딱 좋아하는 스타일이었다. 약간 모범생 같은 똘똘한 귀염상(?)이었고 또한 제대한 지 얼마 되지 않은 스물네 살로, 나보다 두 살 아래였다. 군필에 두 살 차이, 흰 피부, 호리호리한 체형, 쾌활한 목소리(마치 스포츠 중계 전문 아나운서 같은) 그리고 처음 보는 사람에게 제대로 인사할 줄 아는 것까지, 제대로 괜찮은 알바생이 들어왔다!

"수고하세요!"

그는 퇴근할 때도 확실하게 나와 눈을 맞춘 상태로 인사했다. 문을 열고 멀어져가는 그의 뒤통수를 보며 내 입에선 '오….' 하는 감탄사가 절로 나왔다. 인사를 저렇게 잘하다니. 지금껏 알바를 해오면서 어느 누구에게서도 받아보지 못한 간만의 '정상적인 인사'였다. 저렇게나 능동적이고 자주적인 인사는 처음이었다.

그는 상당히 예의가 발랐는데, 먼저 다가와 말도 걸 줄 알고 근무 중에 요깃거리로 사다 놓은 캔디나 캐러멜 따위를 꼭 건네주고 퇴근했으며 내가 출근할 때와 마찬가지로 손님들에게도 꼬박꼬박 인사를 놓치는 법이 없었다. 그런 그는 하얀 이가 훤히 드러나게 히- 하고 웃는 등 익살스러운 표정을 지으며 농담인지 뭔지 모를 실없는 소리 하기를 꽤나 좋아하는 친구이기도 했다. 예를 들면 이런 식이다.

"철수 형, 진짜 철수처럼 생겼어요."

1년 넘도록 편의점 알바를 하면서 어느덧 인간혐오자로 변모해 있었던 내가 유독 그에 대해 자세히 기억하고 있는 이유는 당연히 그를 사랑했었기 때문이다. 나는 그 친구를 안 지 이틀 만에 진짜 사랑에 빠졌다. 말이 이틀이지 아싸리 첫눈에 반한 거였는지도 모르겠다. 처음 마주쳤을 때 나를 보고 밝게 인사해 주었던 얼굴이 정확히 이틀 후 머릿속에 맴돌기 시작했기 때문이다. 마치 내가 첫 출근이고 그가 거기 오래 일해오던 것마냥 포용심 넘치는 화사한 미소로 날 반겼더랬다. 그 얼굴이 계속 떠올랐다. 내 스타일이긴 했어도 분명 아무렇지 않았던 것 같은데, 무엇 때문에 자꾸 그 장면이 머릿속에서 떠나질 않는지. 왜 사람 기분을 좋게 만들어주는지.

그 친구를 향한 마음이 고조되면서 출근 시간이 다가오는 게 더 이상 초조하지 않았다. 압박감은 기다림으로 진화했다. 그와

087

오래 있기 위해 나는 기존 기상 시간보다 한 시간이나 더 일찍 알람을 맞춰놓고 그만큼 빠르게 출근했다. 사실 고역이었지만 내가 일찍 출근하는 만큼 그와 함께 있는 시간이 더 늘어난다는 게 중요했다. 편의점에 도착하면 딱 20분 정도 합동 근무 시간이 주어졌다. 사실은 아예 한 시간 일찍 도착해서 같이 일할까도 싶었지만 딱히 명분도 없고 행여 할 짓도 더럽게 없나 보다 하고 오해만 살 것 같아서(명심하자, 그는 '이성애자'다. 나를 향한 조금의 여지도 없는!) 어느 정도 부지런한 사람처럼 보이기에 가장 적합한 20분으로 타협을 봤다.

편의점에 도착하면, 나는 최소 두 마디 이상 주고받을 수 있을 만한 괜찮은 소재의 이야깃거리를 생각해 내려고 애썼다. 하지만 모순되게도, 자꾸 말을 걸면 내가 좋아한다는 걸 들킬까 봐 한없이 무게만 잡았다(이런 바보, 내가 게이일 거라고 상상이나 하겠냐고!). 그러거나 말거나, 그는 나를 퇴근 시간이 도래했음을 알아차리는 용도로만 바라볼 뿐이었다. 어쩌다 지각을 했을 땐 이미 그가 떠나고 없는 카운터에 서서 망연자실했다. 20분은 짧았고 남은 근무시간은 길었다.

"머리 펌 했네요?"

이 말은 그가 불편해진 뒤로 아무 말도 하지 못하다가 아주 오래간만에 용기를 내어 건넨 첫 마디였다. 나는 원래 누군가를 좋아하게 되면 좋아하는 마음과는 정반대의 행동양상을 보이는 멍청이였지만 사실 그가 불편할 수밖에 없었던 건, 그를 좋아하는 마음이 커질수록 그는 나를 좋아할 수 없다는 좌절감을 맛봐야 했기 때문이다. 중학교 때 한 번, 고등학교 때 한 번, 그리고 지금 또 한 번. 짝사랑도 세 번째쯤 되니 자연스럽게 고통에 대비하게 되는 것이다. 그는 내 물음에 그냥 히- 하고 씩 웃어 보였다. 새롭게 단장한 머리를 하고선 내 쪽으로 고갤 돌려 웃는 모습이 그대로 내 심장을 강타했다. 행복한 절망감에 심장이 저릿저릿했다. 그때 그 표정만큼은 아직까지도 잊지 못하고 있다.

그러던 어느 날 그가 편의점을 그만뒀다. 예의 바른 그가 이미 "철수 형, 저 앞으로 일주일만 더 다니고 그만둬요."라며 내게 소식을 전한 뒤였다. 나는, 그래 잠이나 푹 자고 출근하자, 잘됐지 뭐, 라고 스스로를 다독이며 이전까진 어떻게 다녔나 모를, 이제는 아무 의미도 없는 편의점을 다시 정시에 출근하기 시작했다. 하지만 카운터에 들어서면 뭔가 버려진 기분이 들었다. 손님에게 잔돈을 거슬러주면서, 나는 자책했다. 내 짝사랑은 왜 항상 이 모양 이 꼴일까. 정신 놓고 친한 사이라도 돼볼걸(이 또한 어차피 불가능하다).

"형, 번호가 뭐예요?"라고 물어봤을 때 어차피 알려줄 거면서 왜 "왜요?"라고 시니컬하게 대응했을까. 도대체 왜? 난 진짜 단단한 또라이다. 그냥 순순히 알려줄걸. 웃으면서 친절하게 대답해 줄걸! 왜 괜히 무안하게 만든 거야. 카카오톡 친구추천에 뜬 그의 프로필 사진을 보면서 내 번호를 저장해 준 그가 얼마나 고맙고 반가웠는지 모른다.

고등학교 때 이후로 너무너무 오랜만에 느낀 설렘이었다. 그리고 그는 내게 너무너무 완벽한 것들만 남겨놓고 사라져버렸다. 설마 나한테 카톡을 하진 않을까. 아니지, 내가 먼저 카톡 해볼까. 근데 뭐라고 하지. 이미 그만뒀는데. 우리가 그렇게 친한 사이도 아니었고… 혹시 게이는 아닐까? 번호는 왜 물어봤던 거지?

나는 꽤나 배짱 좋게 그의 카톡 아이디를 지웠다. 차단 목록으로 옮겨 간 그의 조그마한 프로필 사진을 바라보며, 이게 그와 나의 마지막 남은 연결고리라는 걸 실감했다. 이걸 없애면, 나는 영영 그를 찾을 수 없겠지. 우린 평생을 살며 두 번 다시 만나는 일이 없겠지. 차단 목록에 갇혀 있는 그를 몰래 끄집어내어 염탐하고 있을 내가 싫어, 나는 그를 그곳에서조차 말끔하게 소멸시켰다. 그래, 손절은 내 특기니까.

나는 힘들고 싶지 않았다. 이성애자를 짝사랑한다는 건 벅차오르는 행복을 억지로 꾸역꾸역 짓눌러야 하는 일이다. 조금이라도 새어 나오면 지옥이 시작된다. 난 아직까지, 이 힘듦보다 더 힘든 것을 만나보지 못했다. 나는 이미 지옥을 맛봤던 적이 있으므로 꽤나 신속하게, 결단력 있게 행동한 내가 다행이라고 생각했다.

그 시기는 나의 첫 자취방 계약 기간인 2년이 끝나던 시기이기도 했다. 지하철 노선도를 훑어보며 다음에 이사할 곳을 점찍어 보던 난 불현듯 그가 수유에 산다고 했던 말을 떠올렸다. 그를 향한 단념 아닌 단념이 무색하게, 나는 다음 행선지를 미아동으로 결정했다. 그곳은 수유 바로 옆 동네였다. 미아동엔 그 친구가 나온 고등학교가 있었다.

나는, 내가 미아동에서 사는 2년간 한 번쯤은 그 친구를 길거리에서 마주하게 되리라 기대했다. 그가 편의점을 그만둔 뒤 흘러간 시간만큼 그를 그리워하는 마음은 더욱 간절해져 있었기에, 어쩌면 이곳으로 이사 와 일말의 기대라도 품는 게 차라리 나한테 이로울 것 같았다.

나는 이따금씩 미아와 수유의 거리를 오가며, 날 먼저 알아본 그가 내게 다가와 아는 척하는 모습을 상상했다. 편의점 카운터에서 내 눈을 보며 환한 얼굴로 맞아주었던 것처럼 말이다. 그럼 난 어떻게 반응해야 할까. 깜짝 놀란 척을 해야겠지. 얼마 전부터 이곳에 이사 와 살고 있다고 말해야겠지. 혹시 심심하면 연락하라고, 마치 빈말인 양 쿨하게 얘기해야겠지. 마지막으로, 그가 발을 떼기 전 내가 먼저 뒤돌아선 다음 서두르듯 갈 길 가는 시늉을 해야겠지. 나는 그저 그 친구의 흔적이 묻어 있을지도 모른다는 이유만으로, 그리고 그를 언젠간 만날지도 모른다는 이유만으로, 그 거리의 풍경들이 좋았다.

점점 미아동이 익숙해질 때쯤의 어느 날, 창밖 도로를 보면서 햄버거 하나를 우걱우걱 씹어 먹고 있었다. 감자튀김은 미리 튀겨 놓은 걸 담아줬는지 눅눅해서 맛대가리가 없었다. 햄버거 소스가 덕지덕지 묻어 있는 포장지와 질겅거리는 감자튀김을 모두 쓰레기통에 버린 뒤 문을 열고 나왔다. 그리고 그곳에서 믿지 못할 일이 벌어졌다. 그를 보았다.

그를 발견한 것이다. 내가 맥도날드 문을 열고 집으로 돌아가기 위한 첫발을 내딛자마자 그는 막 맥도날드 바로 옆 건물의 한 문구점에서 걸어 나오고 있었다. 그는 옆 친구와 무슨 얘기를 나누며 내 곁을 그대로 스쳐 지나갔다. 내가 뒤를 돌아다보았을 때 그는 금방 어딘가로 사라진 뒤였다. 나는 이 순식간의 일에 어안이 벙벙했다. '뭐지, 본 건가?' 짧은 순간이었지만 분명히 그와 눈을 마주쳤다. 거의 0.5초 만의 일이다. '본 거 맞지…?' 너무 급작스러워 생각할 시간이 필요했다. 안경, 흰 얼굴, 머리 스타일, 목소리, 키. 그 친구가 맞았다. 근데 뭐지? 나 왜 이렇게 평온하지? 지금껏 그토록 바라 마지않던 순간을 맞닥뜨리고 이렇게나 덤덤할 수 있을까. 나는 한 번 더 뒤를 돌아보지도 않고 금방 다시 걷기 시작했다. 횡단보도를 건너고 골목길로 접어드는데 뒤늦게 가슴이 뛰었다. 얼굴이 후끈한 걸 보니 빨갛게 달아오른 듯했다.

조금, 아니 많이, 억울한 기분이 들었다. 그토록 바라왔던 순간이, 이토록 번개 치듯 끝나버릴 줄은 몰랐다. 서로가 서로를 알아보고 잠시 멈춰 서서 얘기할 수 있는 시간이 조금이라도 주어졌더라면. 갑자기 화가 치밀어 올랐다. 그동안 널 만나면 뭐라고 해야 할지 시뮬레이션을 얼마나 많이 돌렸는데. 연이어 부끄러운 감정이 솟구쳤다. 그날의 내 행색이 너무 초라했기 때문이다. 좀 잘 차려입고 나올걸. 혹시 날 알아본 건 아니겠지? 아니, 일부러 모른 척하고 지나간 건 아니겠지? 옆의 친구와 얘기하면서 가느라 내가 눈에 들어오지 않은 거겠지? 만감이 교차했다. 정말 보다니. 정말 보다니. 언젠간 보게 될지도 모른다는, 그 어렴풋한 희망만으로도 충분하다고 생각했지만, 내가 자길 좋아한다는 걸 죽었다 깨어나도 모를 그였기에, 자괴감도 동시에 느껴온 나였다.

집에 돌아와 벽에 기대고 누웠다. 후련했다. 미아동에 온 보람이 있군! 하고 웃었다. 나는 다른 짝사랑을 하는 사람들보다 운이 좋은 것 같다는 생각이 들었다. 마치 저 하늘의 신이 찌질한 나를 가엾이 여겨 잠시 그와 마주치도록 시공간을 조종해 준 것만 같다. 어쨌든 봤으니까 됐다. 후련했다.

사실 반가운 마음이 가장 컸다. 비록 짝사랑일지라도 누군가를 좋아하는 마음 때문에 설렜던 적이 너무 오래 전이었다. 하지만 온전히 좋아할 수 없는 괴로움 때문에 나는 누군가에게 호감을 느끼면 금방 차단하는 습관이 생겼다. 그래서 뒷걸음질 치고 도망쳐왔다.

하지만 시간이 흘러 괜찮아지자 나는 또다시 그때의 설렘이 그립다며 여유를 부리고 있었다. 그런데 그건 살고 싶다는 내 몸의 외침이기도 했다. 지난 몇 년간 스스로에게 죽은 삶을 강요해온 내 앞에 환한 미소로 그가 나타났을 때, 그의 웃는 얼굴이 머릿속에서 끊임없이 맴돌고 입가에 사르르 미소가 번졌을 때, 그 기분 좋아짐이 나는 너무 반가웠다. 남은 건 뒤섞인 행복과 고통뿐이긴 해도, 이전의 죽은 삶에서 탈피되는 게 더 시급했던 듯하다. 달리 무슨 방법이 있을까?

그냥 무의 감정으로 살기 vs. 사랑에 빠져 고통에 겨워하기. 과연 어느 쪽이 더 나은 방향일까? 모르긴 몰라도 둘 다 해선 안 되는 경험이라는 건 자명하다. 하지만 꼭 한쪽을 추천해야 한다면, 나는 당신도 미아동에 한번 가보길 추천하겠다. 또 모르지. 아주 잠깐 0.5초만이라도 만나게 될지. 시간 낭비라 후회해도 난 모른다. 에라이, 정말 모르겠다. 이 세 번째 짝사랑만큼은 결코 고통스럽지 않기 위해 그렇게나 덤덤하게 굴었건만, 나의 짝사랑은 할 때마다 늘 역대치를 찍고야 마는 듯하다.

그 친구에게 고맙다. 내가 살게 해줘서.

우리
할머니
이야기

●

꿈을 꿨다. 할머니에게 커밍아웃하는 꿈을.

　　"그래서 결혼 안 한다고 한 겨?"

　　꿈속에서 할머니는 그동안 내가 '결혼 같은 건 안 하겠다'라고
내뱉어온 말들을 복기하며 되물었다. 전혀 놀라지 않은, 실은 이
미 알고 있었던, 할머니의 태연한 표정이 뚜렷이 기억난다.

　　나는 그때 뭐라고 대답했을까? 눈을 떴을 때 할머니의 그 태연
함이 너무나 실제 같아서 반나절 동안 그 기운이 가시질 않았다.
나는 생각했다. 할머니가 정말 알고 있는 걸까? 아니겠지. 그냥 내
바람이 꿈에서 형상화된 거겠지.

　　1995년, 내가 일곱 살 때 할머니는 KFC치킨을 손에 들고 우

리 집에 왔다. 부잣집 파출부로 일해오던 할머닌 어쩌면 김씨 집 안에서 가장 출세한 사람이었을 것이다. 손자를 봐달라는 아들의 요청에 못난 아들 흉을 보면서도 한달음에 달려와 빈자리를 채운 그녀는 그때부터 나의 많은 부분들을 바꾸어 놓았다. 밥그릇에 달라붙은 밥풀까지 모두 싹싹 긁어 먹어야 한다는 것, 숫자 1을 가로가 아닌 세로로 그어야 한다는 것(할머닌 요즘도 숫자 1을 쓰라고만 하면 청개구리처럼 가로로 휙 그었던 심술 많은 내 어린 시절을 회상하곤 한다), 길을 걸을 땐 반드시 한쪽 벽에 붙어서 가야 한다는 것 모두 할머니가 내게 가르쳐준 것들이다.

물론 좋은 점이 있다면 나쁜 점도 있다. 엄마가 있을 땐 꽤나 화려했던 내 패션 아이템들이 점점 몸에 맞지 않아 버려지면서, 할머닌 아파트 단지 내에서 자체 수거되던 구제 의류들을 내게 가져다 입혔다. 나는 작은 구멍이 났거나 조금씩 실밥이 풀린 옷들을 아무렇지 않게 입고 다녔다. 그리고 곧 IMF가 터졌다. 아, 물론 이건 할머니 탓은 아니다. 우린 집을 팔고 할머니와 아빠의 고향인 충남 온양으로 이사를 갔다.

나는 온양까지 싸 들고 온 정든 의류수거함표 옷들을 걸치고 종종 할머니와 시장에 갔다. 삐그덕거리는 구루마를 끌고 할머니 뒤를 따라다니며 이삼천 원씩 반드시 흥정에 성공해 내고야 마는 그녀의 뒷모습을 멍하니 지켜보았다.

나는 그렇게 꾸준히 할머니의 시장 가는 길에 동행했다. 스무 살이 되어 군대에 가기 전까지 그리고 제대한 뒤 다시 홀로 서울로 상경하기 전까지 쭈욱. 그동안 내 옷과 구루마는 새것으로 여러 번 바뀌었지만 할머니의 옷과 얼굴은 계속 낡아가고 있었다.

2021년, 할머니 나이는 88세가 되었다. 얼마 전 통화에서 문득 "할머니 근데 몇 살이야?" 하고 물어보았는데 "팔십여덟!"이라기에 정말 깜짝 놀랐다. 내가 마지막으로 알고 있던 할머니의 나이는 78세였기 때문이다. 그 뒤로 무려 10년이나 흐른 것이다. 뒷골이 서늘했다. 내가 홀로 서울로 상경한 때가 스물네 살의 겨울이었으니 할머니와 떨어져 살게 된 지가 얼추 그 정도 기간이기도 했다. 따라서 이 10년은, 할머니에게 거짓말하고 싶지 않아 그녀와의 접촉을 끊임없이 보류해 온 시간이라고 해도 틀린 말은 아닐 것이다.

할머니는 아직도 내가 고양이들과 옥탑방에 살며 편의점 야간 아르바이트를 나가는 줄 아는데, 가끔 전화가 올 때면 일하느라 못 받는다는 설정을 핑계 삼아 수신음이 끊어질 때까지 받지 않는다. 만약 모르고 받으면 지금 손님이 별로 없네, 많네, 오늘은 물량이 좀 적네, 많네 하며 얼버무리곤 한다.

할머닌 늘 내가 어떻게 사는지 듣고 싶어 한다. 이미 오래전 했던 이야기를 반복할 뿐이어도 할머닌 무언가 더 듣고 싶은 내용이 있다는 듯 대화 사이마다 약간의 여백을 두곤 한다. 언제부턴가 그 여백이 점점 불편해진 나는 평상시조차 할머니의 전화를 받기가 어려워졌다. 그런데 할머니 나이가 88세라니, 마음이 아팠다. 죄책감도 들었다. 그 죄책감이 싫어, 그 죄책감을 회피해 왔다. 이 죄책감의 해결 방법은, 내가 할머니한테 진실을 말하는 것밖에 없어 보였다.

말하자면, 내가 지금 편의점 아르바이트가 아니라 유튜브라는 것을 하면서 돈을 벌고 있고 나와 똑같은 성별의 애인과 한 지붕 아래에서 살며 그와 결혼만 못 했지 나름대로의 내 가정을 가꿔나가는 중이라 말하는 것. 하지만 모두가 알다시피 그건 어려운 일이다. '굳이?'라는 생각부터 드는 게 사실이다. 할머닌 나이도 많고 몸도 안 좋고 너무 옛날 사람이라 잘 이해하거나 받아들일 리가 없을 수도 있지 않나. 적어도 내가 할머니에게 커밍아웃하겠다고 말하면 나를 둘러싼 모두가 날 향해 그러지 말라고 충고할 것은 자명하다. 하지만 솔직히 말하면, 나는 그게 별로 마음에 들지 않는다. 할머니가 그렇게 취급당하는 것이 싫다. 나는 말하고 싶다. 나는 남자를 좋아한다고! 처음은 좀 놀란다고 해도 늘 그랬듯 손자의 자기중심적인 외침에 곧 수긍해 버리고 말리라.

나는 억지로 받지 않았던 몇 번의 전화 수신이 있고 난 뒤에야 또다시 걸려온 할머니의 전화를 받고 어김없이 "잘 살고 있냐.", "여자친구는 없느냐.", "결혼해야 하는데, 우리 슬기 애 낳는 것 보고 싶다." 따위의 말들을 던지는 할머니에게 '그냥 말해버릴까'와 같은 미세한 충동을 느끼며 "할머니나 잘해, 할머니 밥은 먹었어?", "날씨 안 좋으니까 밖에 나가지 마." 따위의 말들로 응수하고는 뭔가 더 진정성 있게 시간을 끌 수 있는 다음 주제들을 생각해내기 위해 애쓴다.

할머닌 내게 엄마다. 진짜 엄마가 떠난 후 할머니와 지내면서 그 빈자리를 느껴본 적이 단 한 번도 없기 때문이다. 그런데 이건 남들에게 우리 할머니를 소개할 때나 쓰는 표현이다. 실은 나는 엄마라는 것이 뭔지 잘 모른다. 글쎄, 엄마라는 개념이 없다고 해야 할까.

그럼 할머닌 내게 뭐냐고? 할머닌 내게 친구다. 누나 말에 의하면 난 〈우리 아이가 달라졌어요〉 프로그램에 나갔어야 됐을 만큼 집안의 천덕꾸러기였다(물론 나 스스로도 인정하는 바다). 그런데 반대로 집 밖으로만 나가면 수줍음을 매우 강력하게 타서 시종일관 구석에 찌그러져서 닥치고만 있는 루저이기도 했다. 이러한 나의 성향은 학교생활 전반에서도 그대로 드러나 사실상 오직 집만이 진짜 나를 보여줄 수 있는 유일한 안식처였다. 그리고 거기에 할머니가 있었다.

나는 학교에서 급식으로 나오는 요구르트나 귤, 빵 같은 것들을 주머니에 넣어두었다가 집에 돌아와 할머니에게 선물하곤 했다. 그러면 할머닌 나의 성심이 오래도록 변치 않게끔 지켜주기 위해 군데군데 은으로 때운 치아를 훤하게 드러내며 기쁘게 웃어 보였다. 또, 한번 토라지면 독사 같은 눈을 희번덕하게 뜬 채로 종일 집구석에 쪼그리고 앉아 침묵시위를 벌이는 나를 달래기도, 혼내기도 했으며 때때로 시퍼렇게 어린 손자와 말싸움하는 것 또한 마다하지 않았다. 내가 도를 넘어섰다고 판단될 경우 나무 빗자루를 들기도 했다. 하지만 내가 6학년짜리 동네 형한테 별 이유 없이 맞고 들어와 울음바다를 일으켰을 땐 내 손을 잡아끌고 그가 있는 현장을 급습해 괴성을 지르며 욕을 한 바가지 퍼붓던 그녀였다.

　　할머니는 도처에 깔린 냉이를 캐기 위해 봄마다 나를 데리고 나가 고즈넉한 시간을 보내는가 하면, 함께 옥상에 누워 별을 보다 그대로 잠에 빠지기도 했다. 또 할머닌 무슨 음식이든 일주일치는 기본으로 만들어내는 큰손이었고 가끔씩 트럭을 끌고 동네 안으로 들어오는 수박 장수에게서 수박 한 통을 천 원에 협상하는 뛰어난 재략가였다. 나의 친구, 할머니에 대한 자랑(?)은 여기서 끝나지 않는다. 그녀는 글을 읽지 못하는 문맹이면서도 버스와 지하철을 누비며 복잡한 서울 시내 어디든 돌아다닐 수 있던 '사기캐'이기도 했다.

그리고 이건 내가 그녀와 그녀의 아들들에게서 직접 들은 이야긴데, 말이 나왔으니 그녀의 인생사를 빠른 호흡으로 조금만 더 소개해 보려 한다. 그녀는 기억도 나지 않는 갓난아기 때 아버지를 여의고 일곱 살 땐 어머니마저 떠나보내 고아가 되었다. 이후 이곳저곳 남의 집 잡부로 일하고 밥을 얻어먹으며 크다가 스무 살이 되던 해 나이가 무려 20년이나 차이 나는 사람을 소개받고 그를 남편으로 맞이해 곧 3남 1녀를 둔 어머니가 된다. 그런데 이 남편이란 사람이, 그러니까 나에겐 할아버지인 이 사람이, 하필 허구한 날 도박에 술판 노름이나 하던 주정뱅이였고 술에 거하게 취해 집에 들어오면 이유 없이 그녀를 때리고 물건을 집어던지며 돈을 뺏고 집 밖으로 쫓아내기 일쑤였다. 이때 경제활동을 하고 있던 건 물론 그녀였으며 그녀는 그릇을 팔아 3남 1녀를 홀로 책임지고 있었다. 그런 와중에도 자식 중 첫째만이라도 고등학교까진 다니게 해주고 싶어 진학시켜 주었는데 그 첫째가 바로 우리 아빠다. 어느 날 남편이 요절을 했다. 뭐, 애초에 스무 살씩이나 차이 났으니 요절까진 아닐지 몰라도 어쨌든 조금은 일찍 세상을 하직한 듯하다. 그녀는 그녀 생애 처음이자 마지막 남자인 그가 곁을 떠났을 때 "그래도 남편이었는데." 하며 목 놓아 울었다 한다. 그런 그녀는 자식들을 모두 장성으로 키워내 마을 사람들의 적극적인 지지로 '장한 어머니상'을 수여받기도 했다. 후에 자식들은 뿔

뿔이 흩어져 각자 가정을 이루며 살았고 그녀는 어느 부유한 가정의 파출부로 일하다 큰아들의 이혼 소식을 듣고 우리 곁에 온 뒤 지금에 이르렀다. 그런데 써놓고 보니 오직 할머니 당신만의 삶을 살았던 시간은 얼마나 됐을지 모르겠다. 아버진 갓난아기 시절에 이미 돌아가시고 남편은 주정뱅이, 큰아들은 이혼, 손자는 게이. 우리 할머니, 남자 복, 정말 없네!

굳이 이 짧은 페이지에 할머니의 인생사까지 써놓은 이유는 내가 그녀를 마음 깊이 기리고 싶어서다. 어린 나이에 아무도, 아무것도 없이 커서 모든 걸 다 혼자 일구어낸 대단한 사람이다, 우리 할머닌.

"할머니 엄마는 어땠어? 기억나?"

내가 그녀의 엄마에 대해 물어보았을 때 "우리 엄마?"라고 첫 문장을 시작했던 우리 할머니. 엄마가 자신을 안아주던 따뜻한 품이 아직도 잊히지 않는다고 했을 때, 내 마음이 왜 그렇게 시렸는지. 그런데 나도 그렇다. 나도 할머니 당신의 품이 잊히지 않는다.

할머닌 더 이상 구루마를 끌고 시장에 나가지 못한다. 꼼짝 없이 집 안에서만 간신히 돌아다녀야 하는 신세다. 포도막염을 앓은지 오래되어 앞도 잘 못 본다. 더 이상 예전처럼 음식을 거하게 차리지도 못하고 냉이를 캐러 간다거나 옥상에 나가 별을 바라보는 일은 꿈속에서나 가능한 일이 됐다. 커피가 입맛에 맞는다며 대접에 믹스커피를 한가득 부어 후루룩 타 마시던 할머니.

할머닌 나에게 정말 정말 중요한 사람이다. 사실은 그 누구보다도 가장 먼저, 내가 이러이러하다고 밝혔어야 했을 사람이다. 그런데 아직도 10년이 지나도록 말을 못 했다. 나의 진심은, 사실은 할머니에게 제일 제일 말하고 싶다는 거다. 내가 어떤 사람인지. 내가 어떻게 살고 있는지.

꿈에서 할머닌 분명 알고 있었다. 위로가 됐다. 후회도 된다. 깨기 전에, 알고 있어 줘서 고맙다고 말할걸.

보이지 않는
'갑'들에 대처하는
우리의 자세

●

지금부터 하는 이야기를 듣고 누군가는 뭘 그런 걸 가지고 과민 반응하냐고 코웃음을 칠지도 모르겠다. 그치만 이 두려움은 오래된 텔레비전에서 들리는 고주파 노이즈처럼 미미하지만, 충분히 거슬릴 정도로 서른네 살의 나를 괴롭히고 있다.

한동안 속이 안 좋아 위, 장 내시경을 동시에 하고 십이지장 궤양 진단을 받은 장호는 그보다 더 큰 병이 아니라는 걸 알고 기뻐하며 나를 얼싸안았다. 난 그럼 그렇지, 했지만 장호를 부둥켜안고 가슴 한편을 조용히 쓸어내렸다. 인터넷에 증상을 검색해 보고 대장암의 초기 증상과 똑같다며 병원에 가기 전 새벽까지 노심초사했던 그였다. 덕분에 나까지 덩달아 설마 싶은 생각에 마음을 졸였던 터다. 어떤 증상을 검색하면 늘 최악의 상황만을 일러주는 '어그로 바다 인터넷'이 아니던가?

지금 돌이켜 보면 웃겨도 당시에는 장호가 죽을(지도 모른다는) 생각에 마음이 너무 아팠다. 그동안 잘해준 것도 없는데, 싸우기나 하고 사소한 일로 속상하게만 했는데, 이대로 죽는다고…? 이런 일이 나한테 일어나다니! 감정적이든 신체적이든 어딘지 모르게 여리고 유한 장호였기에, 하얀 피부 속 유독 두드러지게 비치는 미세혈관도 다 그래서 그런 거였나 싶고 기어코 일어날 일이 일어난 것인가 싶고 막 그랬다. 설마, 그럴 리는 없을 거야. 죽는 건 말이 안 되지. 하지만 내 머릿속은 최악의 상황이 벌어질지도 모른다는 불안감에 지배되었다. 밥 먹고 난 뒤의 명치 통증, 지속적인 더부룩함과 속 쓰림, 혈변에 생선 비린내까지 대장암 초기 증상 중 몇 가지가 확실히 장호의 증상과 일치했기 때문이다.

"그냥 소화불량이니까 너무 걱정하지 마."

웃으며 장호를 안심시켜 주다가도 흔하지 않은 증상만 생각하면 갑자기 가슴이 쿵쾅쿵쾅 뛰었다.

"손장호 님."
"형."

진료실 문이 열리고 간호사의 호출이 떨어졌을 때 나는 잠시 망설였다. 이어서 장호가 결전의 순간을 맞이한 표정으로 나를 불렀다.

"같이 오신 분도 여기 오셔서 보세요. 가족이세요?"

장호를 뒤따라 방으로 들어가자 흰 가운을 입고 동그란 안경을 쓴, 나보다 두세 살 위일 듯한 남자가 물었다. 그는 한 걸음 더 다가선 내 쪽으로 울퉁불퉁한 장기 사진이 담긴 모니터를 기울여주었다. 나는 대답했다.

"아뇨. 그냥 같이 사는 형이에요."

그리고 당신이 여기까지 읽었을 때 내가 두려워하는 게 무엇인지 대강 추측하지 않았을까. 이 편견 가득한 세상에서 제 짝을 만나 행복하게 살 뻔했지만 그중 한 명이 콱 죽어버리면 어떡할까에 대한 이야기라든가, 병마에 시달리는 창백한 몰골의 애인을 죽을 때까지 수발하게 될지도 모르는 삶에 대한 이야기라든가. 하지만 그런 건 아니다. 그런 것도 물론 두렵지만, 진짜 나의 두려움은 따로 있다. 그건 바로 내가 그를 애인이라 소개하는 것. 나는 이럴 때마다 "아뇨, 애인이요."라고 말해버릴 것 같은 미세한 충동을 느낀다. 하지만 역시 그건 아니다. 가족에게도 설명해야 할 의무감에 던진 질문이었겠지만 나는 그가 우리가 커플이란 걸 알아챈 것은 아닐까 같은 미미한, 그치만 충분히 거슬리는 두려움에 휩싸인다.

"여기 보시면 용종이 세 개가 있는데… 이게 계속 방치하면 진짜 암으로 발전될 가능성도… 여기 이 부분은 한 번 작은 출혈이 있었다가 자연적으로 회복한 것으로…."

내가 만약 우리가 연인이라고 발설했다면 어떻게 됐을까. 그가 장호의 몸속으로 호스를 밀어 넣고 있을 때 이미 알고 있었다면?

"문제 될 만한 것들은 깨끗하게 제거했구요, 조금씩 부은 것들은…."

진료실 문이 열렸을 때 내가 잠시 망설였던 이유가 있다.
나를 뭐라고 설명해야 하지? 이렇게 젊은 남자 둘이 함께 들어가는 일이 잦은가? 아니면 그가 우리 둘의 관상을 마주하는 즉시 알아차리는 건 아닐까. '홋, 그쪽이군.' 하고. 그냥 함께 따라 들어온 친구인 척이나 해야지. 우리가 게이라는 걸 알고 해코지할지도 모르잖아. 그냥 감기약을 처방한다든가, 먹지 말아야 할 약을 섞어 심술을 부릴 수도 있고 장호의 내원 기록을 기억해 뒀다가 나중에 또 오면 그때 무슨 일을 꾸밀지도 몰라. 세상은 생각보다 더 만화 같으니까.

어떤가? 처음 했던 말처럼, 누군가는 이 얘기를 듣고 뭘 그런 걸 가지고 그러냐고 코웃음을 쳤을지 모르겠다. 이런 못된 상상을 다 끝낸 뒤 나는 혼잣말까지 덧붙인다. 나도 참, 너무 예민한 것 같네. 말해봤자 크게 관심도 없을걸. 일어나긴 무슨 일이 일어나겠어? 하면서 말이다.

'주변 사람 모두가 자기가 게이인 걸 알았으면 좋겠다고 말 한 사람 어디 갔어?'라고 묻는다면, 게이로서 느끼는 몇 가지 두려움들을 모두 극복했지만(예를 들어 아빠에게 커밍아웃하기, 게이문화에 어울려보기) 이 경우는 예외 사항에 속한다고 답하겠다. 우리가 우리 스스로를 지킬 수 없을 때, 그래서 누군가에게 도움을 받아야만 할 때 말이다.

나는 이럴 때면 가끔 유튜브 피드 창에 뜨는 끔찍한 세계뉴스들이 떠오른다. 영화에서나 볼 법한 청부살인이나 잔소리 좀 했다고 어머니를 때려죽인 아들, 종교적·정치적 신념을 지키기 위해 벌이는 계획적인 테러, 살인 등등… 그리고 여기엔 혐오범죄도 포함된다. 미국 올랜도에서 벌어진 게이클럽 총기난사 사건은 최소 쉰 명이 숨지고 쉰세 명이 다친, 혐오범죄다. 저 멀리 이란이나 아프가니스탄 같은 나라에서는 동성애자를 사형하며 찾아보면 이런 나라는 더 있다. 우리나라 또한 2017년 육군 동성애자 색출 사건으로 떠들썩했던 적이 있다. 게이를 '색출'하기 위해 게이 데이팅앱을 들락거리며 함정수사를 하는가 하면 동성애자를 차별하고 범죄자로 몰아가는 군형법 92조의6을 아직도 폐지하지 않고 있다. 이 미친 일들이 실제로 일어나는 세상이라는 게 믿기지 않는 나는 적어도 지금 내 눈앞에 서 있는 '갑'들에게만큼은 커밍아웃 같은 건 하지 말자고 다짐했던 것이다.

"걱정도 팔자서."

내내 혼자서만 이런 두려움을 안고 있다가 처음으로 이 사실을 장호에게 털어놓았더니 그는 또 깔깔 웃는다. 나는 무언가 나의 지독한 예민함으로 인해 스스로를 괴롭히고 있다는 느낌이 강하게 밀려오면 객관적 인지능력을 키우기 위해 장호를 빌리곤 한다.

"아, 뭐래! 어떤 미친 의사가 커밍아웃했다고 사람을 죽여!"

"그런 사이코가 세상엔 존재한다니까?"

"뭐 먹을래?"

더 이상 말할 가치를 못 느꼈는지 휴대폰으로 배달앱을 켜고 먹을 거나 고르라고 타박하는 그다. 머쓱해진 나는 짐짓 연극이라도 하듯 경건하게 읊조렸다.

"우린 아프더라도 남에게 아쉬운 소리를 해서는 안 돼. 왜냐하면 우린 게이커플이니까. 누군가에게 도움을 요청해야 한다면 만약을 대비해 철저하게 숨겨. 우리가 게이라는 사실을!"

작년 여름엔 우리 집 다용도실에 비가 들이닥쳐 물바다가 된 적이 있었다. 테라스 쪽 문틈으로 장맛비가 새어 들어와 어느새 발목까지 잠길 만큼 빗물로 가득 찬 것이었다. 처연해진 나는 가정용 쓰레받이로 다용도실 바닥을 긁으며 찔끔찔끔 빗물을 퍼내다 문득 신경질이 뻗쳤다. 그런데 어떻게 알았는지 집주인한테 먼저 전화가 걸려왔다.

"아이고, 아침부터 죄송합니다. 지금 아랫집에 물이 샌다는데 세탁실 좀 확인해 주실 수 있을까요?"

안 그래도 지금 물 퍼내고 있다고 말했더니 집주인은 잠깐 확인하러 방문해도 되냐고 물어왔다. 일순 "제가 지금 집에 없어서요."라고 거짓말을 칠 뻔했다. 낯선 이가 내 공간에 발 들이는 걸 꺼려서다. 방금까지 물 퍼내고 있는 중이라고 얘기하고서는 갑자기 집에 없다고 말할 충동이 일 정도로 말이다. 여기서 '낯선 이'란 가전제품 A/S센터 기사나 주기적으로 주거방문 문자를 보내는 가스 검침원이나 집주인 같은 사람들이다. 우리가 게이라는 사실을 전혀 모르는 사람들.

"네, 그러세요." 하고 승낙한 나는 장호와 내가 얼굴을 맞대고 웃고 있는 그림액자부터 내려놓았다. 어디 보자, 상체를 탈의한 죽여주는 몸매의 소방관 화보 달력은 어떨까. 저건 괜찮으려나. 장호와 내가(그러니까 남자와 남자가) 커다란 케이크 위에 서 있는 피규어랑 서로의 얼굴 사진이 들어간 커플인형도 잠시 치워놓자.

"안녕하세요."

40대 중반 정도 되어 보이는 건장한 체격의 남성이 내게 인사했다. 서글서글하고 예의 있어 보이는 그는 이 집의 리모델링을 직접 감수한 뒤 첫 세입자로 우리를 맞이했었다. 그는 물기가 남아 있는 바닥을 쭉 훑어보고 테라스 쪽을 살펴보았다. 이 집에 살고 있는 우리보다 이 집에 대한 정보를 더 잘 알고 있는 사람이었다. 곧 그가 다시 들어와 냉장고 옆에 서서 말을 걸어왔다.

"아이구, 죄송합니다, 아침부터… 뭐 불편한 건 없으시죠?"
"네, 뭐."

나의 대답은 진심이었다. 이렇게 불시에 집주인이 찾아왔을 때 내 물건을 숨긴 채로 대답하고 있어야 하는 것만 빼면.

"이거, 사람을 좀 불러야 할 것 같은데 불편하시더라도 양해 좀 부탁드릴게요."

또? 이 집에 낯선 이가 또 들어온다고? 벌써부터 침해당한 기분이었다. 그 사람들 올 때까지 액자랑 나머지 것들 모두 계속 내려놓을까 싶었다. 아침부터 물 퍼내느라 기분도 꿀꿀한데 낯선 이들의 예정된 침입 소식에 한층 더 침울해졌다. 여기가 우리 집이었으면 얼마나 좋을까. 뷰며 채광이며, 15평 남짓의 거실에 방 하나지만 더 바랄 것도 없다. 이 집이 우리 집이기만 하면 말이다.

시간이 얼마쯤 지났을까. 목이 말라 냉장고에서 물을 꺼내 먹던 나는 순간 싸늘함을 느끼며 냉장고 문 쪽으로 시선을 옮겼다. 아뿔싸, 아직 떼지 못한 사진이 있다! 이런, 봤으려나? 서로의 팔을 한쪽씩 높이 들어 하트를 그리고 있는 장호와 나의 모습이었다. 이거 누가 봐도 커플인데? 보통, 남자랑 남자 둘이 산 정상에 올라가서 하트 만들고 사진도 찍고 그러나? 그것도 밤에? 다 큰 이성애자 남성 둘이 그럴 리는 없을 것 같았다. 아니지, 원래 남자들은 장난치면서 잘 노니까… 하지만 그렇게 보기엔 너무 '다정'했다. 대체 어떤 이성애자 남성이 카메라 세워놓고 저렇게(둘이 꼭 붙어서 하트를 그리며) 사진을 찍어! 아니, 그보단, 저렇게 사진을 찍었다고 해도 냉장고에 붙여놓지를 않지. 그래 맞아, 문제는 이걸 냉장고에 붙여놨다는 거야! 더욱이 사진을 고정시킨 두 개의 자석이 퀴어의 상징인 무지개로 디자인돼 있었다.

만약을 대비해 철저하게 숨겨야 한다는 나의 (부실한)철학에 금이 가는 순간이었다. 그는 '갑'이 아닌가? 우리가 게이라는 걸 알아채는 순간 다음 계약 때 월세를 심하게 올려버릴 계획을 세울 수도 있고 집 내부에 사사건건 딴지를 걸며 우리를 못살게 만들 수 있는 '갑' 말이다. 테라스에서 들어오면 바로 앞에 보이는 게 냉장고인데, 봤겠지? 아니, 근데 자세히 안 보면 잘 모르지 않나? 무슨 사진을 붙여놨나 집중해서 들여다보는 것도 아니고!

　나의 '갑'들에게 "우리는 게이다, 우리는 사귀는 사이다."라고 말할 수 있는 날이 올까. 구독자 20만 명을 보유한 게이유튜버에게는 안 어울리는 말이지만, 나는 분명 두렵다. 만천하에 커밍아웃하겠다는 거친 포부를 안고 있으면서도 또 그렇게 나아가고 있으면서도 내가 아플 때 날 치료하게 될 의사 또는 내가 새 보금자리로 떠날 때 만나게 될 집주인들만큼은 나를 그냥 평범한 이성애자인 것으로 알고 있었으면 좋겠다. 그냥 그대로 존재만 해도 되는 사람 말이다.

　갑은 또 있다. A/S센터 기사나 가스검침원이다. 그들이 우리집에 발을 들이는 순간 나는 그들을, 내 물건을 감추고 나 자신을 지켜야 하는 갑으로 바라보게 된다. 얼마 뒤면 들이닥칠 바닥 시공자들 역시 갑이다. 이 집을 소개해 준 부동산 중개인도 갑이며 얼마 전 작업실에서 나올 때 "응? 매번 보는 청년이랑 다른 사람이네? 둘이 살아?"라고 물어본 윗집 대머리 아저씨도 갑이다. 아니, 아직 마주친 적 없는 이 동네 주민들 모두가 잠재적인 갑이다. 그들은 순간적이기도 지속적이기도 하며 작기도 크기도 하고 가끔은 아무것도 모르는 척, 그 누구도 아닌 척을 하기도 한다. 아니, 커밍아웃하고 유튜브씩이나 하는 사람이 도대체 무슨 말을 하는 거야? 그렇다, 게이유튜버씩이나 되는 사람이 아직도 두려운 게 남아 있다는 게 이상해보이지 않았으면 한다.

내가 스스로를 불특정 다수에게 커밍아웃함으로써 얻은 건, 나의 실체가 발각될지도 모른다는 두려움을 이용하는 갑들에게서 해방됐다는 점이다. 평소 게이에 대한 이해력이 달릴 것으로 예상되던 사람들 앞에서 행동거지를 바르게 해야 한다는 압박감이나, 친한 친구들과의 관계가 끊어지는 것이 두려워 늘 이성애자인 척 연기를 해야 하는 피곤함, 뭐 그런 감정을 불러일으키게 만드는 사람들로부터의 해방. (하지만 우리는 대부분 여기에서부터 좌절하고 만다. 아무도 지켜주지 않는 상황에서 커밍아웃하기란 무지무지 힘든 일이기 때문이다.)

그런데 그게 끝이 아니었다. 꽤나 방대하게, 이렇게 책까지 낼 만큼 '크게' 커밍아웃한 나는 이제 위기의식 속에서 벗어날 수 있는 줄 알았지만, 또 충분히 대단한 일을 해냈다고 여기지만 원초적인 두려움의 표면만을 겨우 긁어냈을 뿐이었다. 오히려 그 딱딱한 표면을 벗겨냄으로써 이 위험한 세계에 연약한 나를 내던져놓은 꼴이 된 듯도 했다. 내가 나 자신을 인정하고 받아들여도, 나아가 커밍아웃을 해도 이 사회는 계속 그대로였다. 다른 사람처럼 결혼을 할 수 있는 자격이 부여되는 것도 아니었고 갑자기 혐오 밖으로 탈출하게 되는 것도 아니었다.

나는 동등해지지 못했다. 이미 알고 있었지만 그리고 그래도 괜찮다고 생각했지만, 나에게 소중한 것들이 생기고 그 소중한 것들 전부를 지켜야 하는 사람이 되고 나자, 그것은 결코 괜찮은 일이 아니었다. 아니, 애초부터 괜찮았던 적이 없었다. 나는 그렇게, 내가 게이라는 걸 알아차렸을 때 무슨 위험한 계략을 꾸밀지도 모르는 갑들에게서 여전히 해방되지 못한 채다.

물론 내 의지와는 상관없이 벌어지는 일들은 많다. 길을 걷다 갑자기 뛰어 들어온 사람과의 부딪침, 신호위반 차량과의 접촉사고, 늙음, 병역의 의무. 하지만 이런 것들은 내가 게이인 것과는 아무 관련이 없다. 누구에게나 일어날 수 있는 사고, 누구에게나 주어지는 시간, 누구에게나 부여되는 의무다. 내가 이 사회를 위험하다고 느끼는 건, 길을 걷다 갑자기 뛰어 들어온 사람과의 부딪침을 걱정하기 때문이 아니다. 내가 늙기 때문도 아니며 나라의 의무를 따라야 하기 때문도 아니다. (나는 해병대를 지원해서 갔다 왔는 걸!) 그건 내가 게이라서다. 남들과는 다른. 차별 대상. 동성애자. 게이.

어떻게 하면 이 두 번째 갑들에게서조차 진정 해방될 수 있을까? 내 생각에 내 커밍아웃이 '완벽한 커밍아웃'이 되는 데엔 두 가지 길이 있는 것 같다. 첫째는, 내가 그들을 '갑'으로 바라보는 행위를 포기하고 있는 힘껏 세상을 긍정하면서 살다가, 죽는 것이다. 그 죽음이 부당하더라도 항의해선 안 된다. 어차피 우리는 이

등 시민이었으니까. 둘째는 간단하다. 계속 외치는 것이다. '완벽한 커밍아웃'이 될 때까지 끝없이 반복하는 거다. 나는 두려움을 느껴. 나는 부당한 대우를 받고 있어. 나는 피해를 주지 않아. 나는 동등한 사람이야. 아침마다 물 퍼내도 좋으니 액자 같은 건 내리지 않았으면 좋겠어. 우리도 너희들처럼 누군가가 우릴 지켜줬으면 좋겠어.

국가가 내 이야기를 방관하고만 있는 건 우리가 이등시민이라는 반증이며 우리를 제외한 국민 모두에게 우리를 그렇게 취급해도 된다고 말하는 것과 같다. 차별금지법이든, 동성결혼 법제화든, 학교 교육이든, 우리는 존중받아야 하며 우리가 동등한 사람들이라는 걸 알려야 한다. 그건 우리가 특별하기 때문이 아니다. 우리가 혐오(차별)받기 때문이다. 지금 여기에서는 나 자신이 누구인지조차 말할 수 없다. 구독자 20만 게이유튜버인 나의 이 선별적인 두려움은, 그보다 앞선 선별적인 차별, 선별적인 억압에 의해 탄생된 내 머릿속 기생충이다. 이 기생충에 조종당해 망상하지 않는 날이, 내가 늙어 죽기 전에, 올까?

만약 당신이
같은 성별을
사랑하게 된다면

●

이성애자라는 건 정말 엄청난 존재다. 그들은 학교나 직장 동료로 만나 연인이 됐다고 하는데 그건 기적이 아닐 수 없다. 심지어 길을 걷다 우연히 마주쳐서 결혼까지 이어졌다는 말을 하기까지 한다. 내가 만약 이성애자였다면 길거리에서, 식당에서, 도서관에서, 기타 등지에서 운명처럼 느껴지는 이성을 발견했을 때 용기 내 다가가 고백하고 말 것이다. 나는 이성애자니까. 맘에 드는 이성에게 즉석에서 말을 걸어볼 수 있는 축복받은 이 사회 주류인간이니까.

거절당한다 해도 괜찮다. 너무너무 사랑해서 온몸이 매일 그 사람을 부르짖는 걸 억지로 속박하고 내가 사랑하는 사람이 날 혐오할지도 모른다는 두려움 때문에 나 자신을 욕하고 부정하다 보면 아무래도 살맛이 나지 않게 되는데, 적어도 그 이유가 '게이라서'는 아닐 것 아닌가. 나는 그래서, 가끔은 지나치게 서로를 경계

하는 듯한 이성애자들을 관망할 때면 답답한 마음이 들기도 한다. 그 순간이 아니면 영영 놓치게 될 게 뻔한데 한번 말이라도 걸어보는 게 좋지 않나. 내 일생일대의 파트너가 될지도 모르는데.

하지만 이 글을 읽는 사람 중 누군가는 그것도 결국 몇몇 자신감 넘치는 이성애자들 이야기에 국한된 것이라 말하고 싶을지 모르겠다. 흐음, 틀린 말은 아니다. 하지만 알아둬야 할 게 있다. 그저 성별(에서 오는 몇 가지 특징)만으로 서로를 쉽게 알아볼 수 있다는 건 그야말로 '굉장한' 일이라는 것을. 또 좋아하는 이성을 떠올리며 하루 종일 근심에 빠져볼 수 있다는 건 그 자체만으로 축복이라는 것을. 그 당연한 사실이 누군가에게는 너무도 갖고 싶은 능력처럼 느껴진다는 걸 안다면, 자신에게 주어진 오늘을 조금은 더 충실히 살 수 있지 않을까. 용기를 갖는 게, 애초부터 용기를 가질 수도 없는 것보단 나을 테니까.

말하자면, 당신은 가능성이다. 그러니 너무 쉽게 포기하지 말라고까지 말해주고 싶지만 뭐 당신도 당신만의 사정이 있겠지. 성격이 너무 소심하다거나 얼굴이 못생겼다거나, 돈이 없을 수도 있고 옷을 너무 못 입는다거나 정말이지 아무런 재능이 없을 수도 있겠다. 어찌 되었든 좋아해도 좋아한단 말을 할 수도 없는 입장보다는 낫지 않나?

상대에 대해 잘 알지도 못하면서 주절주절 떠드는 일은 오만

한 행동이라는 걸 잘 알면서도 이런 말을 하는 이유는, 얼마 전 누군가 내 유튜브에 싸지른 댓글을 본 뒤 충격을 받아서다. "몸에 장애가 있고 진짜 추하게 생겨도 게이로 사는 것보단 낫겠다."라는 글이었는데 그 댓글을 읽자마자 턱이 아래로 뚝 떨어지면서 입이 다물어지지 않았다. 예전에 "그냥 조용히들 사세요, 뭐가 그리 당당하세요?"라는 악플을 보고 진심으로 화가 솟구쳤던 적이 있었는데(나는 그저 '조용히' 살라는 얘기에 특히 화가 난다.) 그 댓글은 화는 나지 않는 대신 거대한 충격으로 다가왔다. 이 어처구니없음은 앞으로도 당분간 기억 속에 저장되어 나를 문득문득 놀라게 하겠지. 만약 저 댓글을 쓴 자가 내 앞에 있다면 그에게 가장 처음으로 내뱉고 싶은 말은 이거였다. "게이는 아무것도 아니다. 만약 당신이 게이가 된다 해도 지금의 모습과 달라질 건 요만큼도 없다, 당신은 여전히 보통 사람이다."

나는 그 댓글을 삭제한 뒤, 정말 게이가 이성애자와 달라서 슬플지도 모르는 것들에 대해 생각해 보았다. 사회적 편견과 차별 같은 외부의 요인이 아닌, 단지 '성소수자이기 때문에' 느낄 것들에 대해 말이다. 왜냐하면 사회적 편견이나 차별은 성소수자 고유의 문제가 아니니(그러니 더 심각한 문제지만) 넘어간다 하더라도, 만약 그가 같은 성별과 사랑에 빠지는 일이 생긴다면 그가 마주해야 할 불편한 진실들이 있을지도 모르는데 그럼 내가 거짓말한 게 될 수도 있기 때문이다.

만약 그가 같은 성별을 사랑하게 된다면 가장 먼저 말해주고 싶은 주의사항은, 서로 자연스러운 만남을 갖기가 '오지게' 힘들다는 점이다. 요즘엔 이걸 '자만추(자연스러운 만남 추구)'라고 하는데 나 같은 사람은 예나 지금이나 이 자만추를 하기가 거의 불가능하다. 아까도 말했지만 지금 여긴 이성애 중심사회이기 때문이다. '성소수자'라고 불려지는 이유이기도 하다. 예를 들어 정말 맘에 드는 상대를 발견했을 때, 말이라도 걸어보고 싶지만, 그가 게이인지 이성애자인지 얼굴에 쓰여 있는 게 아닐뿐더러 아주 높은 확률로 그는 이성애자일 것이다. 어떤 성차별자의 말대로 내가 게이만 좋아하도록 설정되어 있다면 이럴 일도 없겠지만, 게이란 게이를 좋아하는 남자가 아닌, 남자를 좋아하는 남자가 아닌가. 엎친 데 덮친 격으로 그가 게이를 혐오할지도 모르는 종교인이라거나 종교인의 적극적인 혐오 정치에 넘어간 사람일 수도 있다는 두려움이 매사에 옵션으로 장착되어 있다.

말이 나왔으니 말인데, 그가 게이라고 해도 문제다. 그는 아직 스스로를 부정하고 있는 시기일 수도 있고 그건 아니지만 아웃팅 당하는 게 두려워 무슨 일을 만들기도 전에 도망가 버릴 수도 있으며 그런 과정을 모두 끝낸 게이를 만나게 됐다 해도(거의 불가능) 내가 그의 스타일이 아니라거나 이미 애인이 있거나 이미 다른 누군가(혹시 이성애자?)를 좋아하고 있을 수도 있다. 결국 모든 게 수포가 되고 만다. 그나마 마지막의 경우엔 재도전의 여지가 있긴 하지만 중요한 건 이 마지막의 경우에 도달하기까지 그 가능성이 매우 희박하다는 것이다.

댓글을 쓴 자가 정확히 어떤 의도로 그런 글을 남겼는지는 알 수 없다. 게이가 혐오의 대상이라서 세상을 살아가는 게 힘들기 때문인 건지, 아니면 스스로가 지독하게 게이를 혐오하고 있기 때문인 건지, 아니면 성다수자 중심의 사회에서 살아가는 성소수자 고유의 고충 때문인 건지 모른다.

이유야 어찌 되었든 만약 그가 누군가에게 사랑의 감정을 느끼고 보니 같은 성별이라면, 그 관계가 사랑하는 사이까지 발전하기란 '오질나게' 힘든 확률이니 각오하라는 말을 해주고 싶다. 처음부터 현저히 낮은 가능성으로 출발해 더욱 소수의, 소수의, 소수의 경우로 그 확률은 수직 낙하한다. 대체로 답은 정해져 있다. 실행보단 체념 쪽으로 가야 할 것이다.

반면 다수의 이성애자들은 누군가에게 대시를 하기 전 전전긍긍하며 자괴감에 이르는 서사를 갖지 않는다. 그들은 대체로 곧장 결승선으로 직행하며 필요하다면 몇 번이고 재도전한다. 물론 이성애자의 사랑도 똑같이 힘든 구석이 있다는 것을 안다. 한 사람을 사랑하는 일은 하나의 우주가 다가오는 일이라는 말도 있는데, 사람이 사람을 만나 사랑을 하기까지 이성애자라고 어찌 마음고생이 없겠는가. 난 단지 이 사회의 편견과 차별에 문제가 있다고 생각할 뿐, 다수가 이성애자인 사회에 불만이 있는 건 아니다. 이성애 중심사회에서 살아가려면 그 사회가 좋든 싫든 불만이 있든 없든 이에 적응해야 할 필요를 느낀다. 어떻게 적응해야 되는지는, 나도 잘 모르겠지만 말이다. 우린 어떻게든 알아서 사랑을 찾아내야만 한다.

소중한 것들을 지킬
좋은 명분

●

서울에 올라와 독립을 시작하고 약 7년간 네 번의 이사를 했다. 잦다면 잦은 횟수다. 딱히 이사해야만 했던 이유가 있었던 것은 아니고 2년 계약이 끝나는 대로 자연스럽게 다음 살 집을 찾았을 뿐이다. 원체 정상적인 느낌의 집에서 산 적도 없고 또 그렇다고 사람답게 살 만한 집을 구해야 한다는 필요성도 못 느꼈던지라 정착의 개념이 아예 없었다.

　나는 늘 뭔가 애매하고 고만고만한 레벨의, 적당히 남루한 월셋집을 찾았고 계약이 끝나면 그 지긋지긋함에서 벗어나고자 또다시 새로운 보금자리를 향해 떠났다. 물론 삶의 목적을 상실한채 편의점 아르바이트나 하면서 내일이 없는 듯이 살았던 내가 제대로 된 집을 구할 만한 경제력이 있을 리도 만무했다. 그런 내가 이사 갈 때 반드시 고려했던 '조건'이 있다.

옥탑방일 것, 옥상 마당을 나만 쓸 수 있는 구조일 것. 일정 부분은 내 라이프스타일 때문이기도 하지만 결정적으로는 고양이 때문에 그래야만 했다. 나는 고양이들이 옥상 마당과 방 내부를 자유롭게 드나들 수 있었으면 좋겠다고 생각했다. 그때만 해도 내가 하루에 집을 비우는 시간이 열 시간도 넘었으므로 그들이 방안에만 갇혀 있지 않기를 바랐고 그렇지 않더라도 고양이와 인간이 함께 사는 주거공간의 형태는 달라야 한다고 생각했다. 그렇게, 지금 살고 있는 네 번째 집에 도달했다. 고양이 네 마리와 함께.

이 네 번째 집은 편의점 알바에서 전업 유튜버가 된 이후의 첫 집으로, 지금껏 살았던 집 가운데 가장 많은 월세가 든다. 천에 사십오만 원. 비싼 대신 크기가 애매하거나 상태가 남루하지 않고 꼭대기 층이지만 작은 방 크기가 아닌 것이 중요 조건을 고루 충족한다. 집 외각에 테라스(라고 부르는) 마당이 세 군데나 있고 집에서 한 층만 더 올라가면 우리만 쓸 수 있는 넓은 옥상이 하나 더 있다. 게다가 집이 높은 산지대에 있어 3분만 걸어 나가면 가벼운 둘레길이 나오는데, 어렸을 때부터 산책도 자주 나갔던 우리 집 고양이들에게 안성맞춤이라 이 점도 아주 만족스러웠다. 산지대라 그런지 공기가 두 배는 더 좋게 느껴질뿐더러 비 오는 날이면 특유의 진한 흙냄새가 창으로 스며들어 와 괜스레 가슴이 설렜다. 또 번화가가 한눈에 내려다보이는 뷰, 컨테이너 없이 단열이 잘되

어 있는 집 구조는, 없는 형편에 오직 고양이를 최우선의 기준점
으로 삼아 다음 집을 고르던 내겐 선물과도 같았다.

네 번째 집에서의 삶이 꽤 익숙해져 예전의 비루했던 주거 환
경을 문득문득 망각하기 시작한 나는, 고양이 네 마리를 키우면서
캣타워 하나 없는 것이 불현듯 맘에 걸리기 시작했다. 명색이 인
생의 동반자이자 가족인 고양이들에 대한 처우가 조금은 박했던
걸까 싶었던 거다. 이사할 집을 선택하는 거의 유일하다 싶은 기
준이 고양이일 정도로 나는 그들과 함께 사는 삶에 대해 깊이 헤
아린다고 자부한다. 나는 내 나름대로 이 삶에 최선을 다하고자,
사료 대신 생식을 먹이고, 일주일에 서너 번은 반드시 산책을 나
가고, 될 수 있으면 같이 있는 시간을 많이 만들고자 노력하는 대
신, 시중에 판매되는 고양이를 위한 전용제품들엔 일절 관심 갖지
않는 것으로 타협했던 것이다.

"뭐가 이렇게 비싸?"

캣타워가 눈에 아른거려 장호와 함께 반려동물용품점 탐방을
나선 첫날, 지름이 오십 센티미터 정도 되어 보이는 사만 원짜리
천 쪼가리를 본 나는 당황했다. 나는 하얀 이가 드러나도록 입술
한쪽 끝을 치켜올리며 연신 속으로 속삭였다. 사람이 쓰는 이불도

이것보다 싼데… 뭘 믿고 이따위인 거야? 그럼에도 왠지 있으면 좋을 것 같다는 생각이 들어 더 괘씸한 기분이 들었다. 이 만질만 질하고 푹신푹신하고 여러 번 접히는, 용도 불명확한 천 쪼가리를 사만 얼마 주고 사기엔 이미 우리 고양이들은 더 크고 푹신한 이 불을 남자 둘과 함께 공유하고 있지 않은가.

"형!"

저 멀리 두어 개 쯤 전시되어 있는 거대한 캣타워 앞에서 일찌 감치 구경 중이던 애인의 외침이다. 이 176센티미터짜리 고양이 는 옆에 다가선 내게 이렇게 읊조렸다.

"우아, 이거 있으면 진짜 좋긴 하겠다…."
"뭐가 이렇게 비싸?"

공교롭게도 내 입에선 같은 대사가 한 번 더 튀어나왔다. 사십 오만 원. 우리 집 한 달 월세. 나는 아주 자연스럽게도 캣타워의 효 용성에 대한 불확실성을 상기했다.
'그래, 캣타워가 그렇게 필요한 건 아니야….'
아배붐과 들꽃 두 마리만 키울 적엔 캣타워 같은 건 절대 사치라고 생각하기도 했는데, 나는 그들이 냉장고나 싱크대, 식탁, 세탁기 등 어디를 올라서든 간에 그들의 행동 양식을 지지했고 이처럼 집안의 가구들이 캣타워의 역할을 충분히 대신 수행하고 있다고 여겼다. 우리는 이미 각자만의 방식으로 주거공간을 함께 공유하고 있다고 스스로에게 속삭이면서 말이다. 그리고 그것은 내가 캣타워를 사지 않아도 되는 합리적 근거이기도 했다. 비싸기만 하고 인위적인 데다가 크고 무거워 공간 차지만 하는 물건을 굳이 집 안에 들여놓을 필요가 있을까?

지금 이 글을 쓰고 있는 현재로 돌아와 그 답을 내놓자면, 있으니까 좋긴 하다. 그런데 역시 필수아이템은 아니올시다. 현재 우리 집 거실 창가엔 그때 봤던 사십오만 원 짜리 캣타워가 고스란히 비치되어 있다. 그뿐 아니다. 해먹, 텐트, 소파, 하우스, 방석 등 제품 이름 앞에 '반려동물 전용'이란 문구가 붙는 잡다한 것들이 집 안 곳곳에 널브러져 있다.

'녀석들이 더 큰 행복을 누릴 수 있는 여지를 아예 배제해 버리는 건 아닐까? 그들만을 위한 전용제품이라는데 한번 시도해 볼 만한 의무가 내게 있는 건 아닐까?'

결국 혼자일 때보다 나아진 내 통장잔액에서 꽃피운, 이 일말의 양심의 가책이, 그동안의 밀린 빚이라도 갚는 양 단기간에 여러 가지를 사들이게 만들었다. 대강 헤아려보니 캣타워 포함 백만 원어치는 되는 것 같았다. 자기들만을 위한 전용-제품임에도 퍽 무심한 녀석들의 태도가 실망스럽다가도 왜 이제야 샀나 싶을 정도로 애용하는 모습을 간간이 보고 있노라면 값어치는 하는 기분이었다.

하루는 이런 적이 있다. 새벽 다섯 시가 되어서야 유튜브 영상 편집을 다 끝내고 거실로 나갔는데 장호가 빔프로젝터로 벽에 미국 드라마를 틀어놓곤 그대로 잠들어 있었다. 안방에 나란히 놓여 있던 침대 중 하나를 내와 그 위에 누운 채로. 그 침대는 이 집에 이사 와 가장 먼저 들인 가구로 당시 맘에 들었던 매트리스가 퀸 사이즈로는 안 나온다는 이유로 우린 1인용 침대를 두 개 샀고 여태껏 단 한 번도 갈라놓은 적이 없었다. 나는 고양이 네 녀석에게 생식을 데워주고 돌아와 장호 앞에 서서 잠시 생각에 잠겼다.

깨워, 말아? 본인 침대만 가져와 혼자 잠든 게 괜스레 서운했달까. 나는 안방에서 베개만 가져와서 장호가 누운 침대 옆 바닥에 누웠다. 서른 살 넘어 처음 침대를 갖게 된 나였기에 그만큼 바닥도 익숙하고 편했다. 사실 장호가 아니었더라면 비싸기만 하고 크고 무거워 공간차지만 하는 침대 같은 건 여태 없었을지 모른다. 그것은 마치 캣타워와 같은 물건이랄까. 얼마쯤 시간이 지나 영사되고 있는 벽을 멍하니 쳐다보다, 그가 깨든 말든 툭툭 치면서 비좁은 1인용 침대에 합류했다. 장호는 잘 때 건드려도 짜증 한

번 안 내는 너그러운 품성을 지닌 데다가 갈라진 적 없던 우리의 침대를 떼어놓고 홀로 잠들어버린 죄가 있으므로 이것은 정당한 취침 방해였다. 리모컨으로 빔프로젝터를 끄고 장호 이불을 반쯤 뺏어 덮은 뒤 눈을 감았다. 나쁘지 않은데? 눕고 보니 좋았다. 아늑한 것이, 1인용 침대라도 벽에 딱 붙여놓으니 떨어질 염려도 없었다. 둘이서 꼭 붙어 자니까 정감도 느껴졌다. 따스한 체온에 슬슬 눈이 감겼다.

다음 날, 화창한 오후 햇살에 눈이 저절로 뜨였다. 장호는 여전히 자고 있었고 아직 고갤 들어 확인하진 못했지만 몸에 고양이들의 중량도 느껴졌다. 곧 턱을 안쪽으로 당겨 몸 아래를 살짝 훑어보았을 때 눈에 들어온 광경에 깜짝 놀라고 말았다. 이 비좁은 1인용 침대 위에, 고양이 네 녀석이 모두 올라와 있었다. 나는 조심히 고개를 들어 그 광경을 제대로 확인했다. 팔짱에, 다리 사이에, 장호와 내 옆구리 사이에, 쌔근쌔근 천천히 배를 들썩이며 나의 고양이들이 잠들어 있다. 전에도 이랬던 적이 있던가? 나는 다시 고개를 떨구며, 약간의 황홀함을 맛봤다. 추운 겨울도 아닌데 전부 침대 하나에 다닥다닥 모여서 자는 게 너무 신기했다. 백만 원어치 반려동물 전용제품이 추가된 이후의 방 안이었기에 더욱 그랬다. 하나둘 침대 위로 점프해서 슬그머니 잠을 청했을 녀석들을 상상하니 웃음이 나왔다.

내가 깨기 전, 장호가 먼저 이 상황을 알아챘을까. 그러곤 다시 잠들었을까. 이 절대 평화를 깨버린 장본인이 나라는 오명을 사고 싶진 않았다. 나는 이 다섯 마리의 고양이가 깨지 않도록 몸을 뒤척이고 싶은 욕구를 억제하며 그대로 조금만 더 눈을 감고 있는 게 좋겠다고 생각했다. 적어도 그들 스스로 일어나 자리에서 벗어날 때까진 말이다. 행복했다, 너무너무. 나는 성공한 인생이라는 생각이 마구마구 들었다.

나는 눈을 감은 채 비어 있을 캣타워를 떠올렸고 늦게 사서 다행이란 생각을 했다. 중요한 건 캣타워 따위가 아니지. 위안이 됐다. 내가 장호를 만난 것도, 이 집이 네 번째 집인 것도, 캣타워를 늦게 산 것도 다 너무 다행이었다.

진짜 중요한 건 뭘까. 나는 이미 다 가져놓고도 자꾸 속세에 휘둘리고 있는 걸까? 나는 뭐 때문에 사는 걸까? 이날 내가 내린 답은 이렇다. 나는 앞으로도 비싸기만 하고 인위적인 데다가 크고 무거워 공간만 차지하는, 부자연스러운 것들을 또 사들일지도 모르겠다. 막상 있으니 좋다. 내 소중한 것들을 지켜나가는 데에 좋은 명분이 되는 듯하다. 하지만 욕심부릴 필요는 없을 것 같다. 가끔은 1인용 침대 한 짝으로도 충분하다. 아니, 그것마저도 없으면 또 어때. 내 삶의 목적은 나와 함께 사는 것들에게 있다. 내 삶의 목적은 장호다. 고양이다. 가족이다.

자 는
애 인 을
끌 어 안 으 며

●

불안하다. 언제 망하지는 않을까. 갑자기 새로운 뭔가가 확 떠서 사람들이 그쪽으로 우르르 몰려가진 않을까. 모아놓은 돈도 없고… 언제까지 우리 둘의 사랑 이야기가 먹힐까. 우리가 늙어도 계속 좋아해 줄까. 조금씩 눈두덩이가 꺼지고 팔자주름이 생기고 머리가 까져도 좋아할까. 아니 그때까지 유튜브가 건재할까. 나 지금 왜 이렇게 태평하지? 이걸 내 직업이라고 말할 순 있을까. 불안하다. 유튜브가 갑자기 확 정책을 바꿔서 수입이 한 달에 10만 원도 안 되면 어떡하지. 유튜브가 갑자기 증발해 버려서 또 다시 편의점 야간 아르바이트 하면 어떡하지. 고양이 네 마리도 먹여 살려야 하는데. 유튜브가 갑자기 성소수자를 배척해서 우리 채널 날아가면 어떡하지.

　누구나 다 이런 걸까. 그냥 지금 최선을 다하면 되는데 혼자

궁상인 걸까. 불안하다. 아무래도 애인이랑 나랑 작은 햄버거 가
게라도 하나 열 만큼은 벌어야겠다. 아니, 그 가게 건물주가 우리
가 게이커플인 걸 알고 내쫓거나, 말도 안 되게 임대료를 올려 받
으려 할지도 모르니 아예 건물을 사버리자. 어디 허름한 건물 하
나 살 정도만 버는 것이다. 그다음 정말 열심히 햄버거를 만들어
야지. 또 내가 남들한테 보여주는 일엔 한 정성 하잖아. 우린 둘 다
담배도 안 피우니 담배 피우고 돌아온 손으로 햄버거 패티를 만질
일도 없다. 그러니 우리가 만드는 햄버거는 정말 맛있을 거야. 음
악도 은은하게 좋은 것들로 깔아놓고(예를 들면 내가 좋아하는 일본 뮤
지션 누자베스, 몬도 그로소) 오는 손님마다 친절하게 대해야지. 우리
는 둘 다 잘생겼으니까 사람들도 좋아하겠지! 그래, 우리가 함께
라면 하늘이 무너져도 솟아날 구멍이 있다. 내가 어쩌다 이런 애
를 만났지? 눈물이 난다. 나는 이미 진짜 가져야 할 걸 가졌구나.

　자는 애인을 끌어안으며 이런 생각을 한 적이 있다. 그날 이후
로 언젠간 우리가 작은 수제버거집을 운영하게 될지도 모른다는
상상을 해보곤 한다. 얼마나 좋을까. 한적한 곳에서 좋은 공기 마
시며, 조금씩 벌 수 있을 만큼만 벌며 내 삶을 사랑하는 삶. 그런
데 이는 순수하게 내 머릿속에서만 나온 희망사항은 아니다. 실은
연신내 번화가에 생긴 수제버거집이 있는데 그곳 사장이 젊은 청

년 두 명인 것을 본 뒤부터다. 그곳은 평수는 좁았지만 세련된 인테리어와 듣기 좋은 팝 음악이 흘렀으며 우리 또래로 보이는 젊은 남자 두 명이 햄버거를 조리하는 풍경이 부럽게 느껴지기도 하는 곳이었다. 무엇보다 그들이 만든 햄버거 맛이 좋았다. 애인과 나는 첫 방문 후 햄버거가 먹고 싶을 때마다 그곳에서 번번이 배달을 시켜먹었고 나는 점점 그들에게서 느낀 부러움을 우리 둘 사이에 투영시켰다. 주방 쪽에서 '칙' 하고 패티를 굽던 그 두 사람이, 우리라면 어떨까. 알 수 없는 긍지가 느껴졌다. 내가 놓친 무언가를, 온전히 이루어낸 것만 같은 기분이었다.

어쩌면 이루어질지도 모르는 일이니 이런 상상을 계속해도 문제는 없을 것 같았다. 또 그는 내가 이런 상상에 빠지기에 최적의 온도를 지니고 있다. 손도, 발도, 목도, 알에서 갓 부화한 것처럼 따스하다. 그냥 옆에 있는 것만으로도 안도하게 한달까. 뒤에서 안든 앞에서 안든 그립감도 좋다.

어떻게 안아도 폭.

일어나서 무슨 꿈 얘기를 할까.

사랑은 사람을 살게 하는 가장 강력한 마법이라는 말,

진리의 말씀 밖으로 튕겨져 나간 나 같은 사람에겐

마법이 아니라 저주에 가깝다는 생각도 든다.

살아가는 삶을 택하자니 너무 고통스럽고

그 삶에서 도망치려니 죽어가는 삶과 다를 바 없다.

어떻게 해야 하는 걸까?

그냥 좋아해도 되는 줄 알았는데 그게 아니었다.
고백이라도 할 수 있다면, 정말 한마디라도 할 수 있다면
속이 다 시원할 것 같았다.
나 너 좋아한다는 티라도 낼 수 있었다면
혼자서 곪아 썩지는 않았을지 모른다.
그런데 나는 그 말을 할 수가 없다.

할머니는 늘 내가 어떻게 사는지 듣고 싶어 한다.
이미 오래전 했던 이야기를 반복할 뿐이어도
무언가 더 듣고 싶은 내용이 있다는 듯
대화 사이마다 약간의 여백을 두곤 한다.
나의 진심은, 사실은 할머니에게 제일 말하고 싶다는 거다.
내가 어떤 사람인지. 내가 어떻게 살고 있는지.

"형. 우리 날아갈까?"
"어떻게 날아가?"
"손 잡아봐. 우리가 지금은 이 어둠 속에서
손을 잡고 가지만 나중엔 이 길 위에…."
"해가 떠도 손을 잡고 가자."

15평짜리 컨테이너에서, 녀석의 털을 얼굴에 비비며 안았다.

가족이 탄생한 순간이었다.

내 편이라 생각했던 무리에 끼었지만
지난날의 고립감이 또다시 느껴졌다.
나는 또 다른 소외감을 느끼기 시작했다.
다시 혼자가 된 것이다.
도대체 어디에 있어야 하는 것인가, 나는?

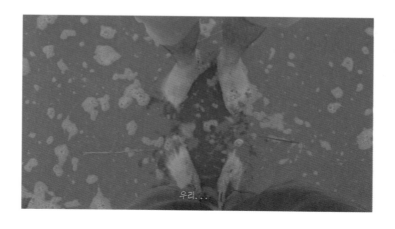

우리...

뉴스를 틀면 나오는 참 안된 사람들의 이야기.
그러니까, 내가 아니라서 다행인
바로 그런 이야기의 주인공이 바로 '나'였다.
왜 하필 나일까? 왜 내가? 도대체 왜?

뿌리가 다른 나무의 가지가 서로 이어져서
마치 한 나무처럼 자라는 현상을 연리지라고 하는데
한 나무가 죽어도 다른 나무에서 영양을 공급해 살아나도록 도와준대.
그게 우리의 모습이었으면 좋겠다.

문득 세상이 미쳐 돌아간다거나

내 편이 아무도 없는 것 같다는 느낌도 들었지만

다시 마음이 편안해졌다.

그래, 난 이상하지 않아. 난 충분히 존재할 만해.

그렇게 좋지도 않은 흙 같은데
이렇게 예쁜 꽃을 피우다니.
꽃 한 송이가 왜 이렇게 강해 보일까.

이렇게 예쁜 꽃을 피우다니

part 2.

소외되어본 적 있는
철수와 영희를 위하여

두 세 계
어 디 에 도 낄 수 없 는
나 는 어 디 로

●

사람들이 게이라는 존재에게 갖는 사회적 믿음이 있다. '그릇된 성도착증에 빠져 원나잇을 즐긴다'거나 '여자 같이 말하고 행동한다'거나 하는 생각들이다. 그러나 나는 그와는 정반대의 삶을 살아왔고 이런 생각들은 내가 무지막지한 두려움과 분노를 동시에 느끼도록 만들었다.

처음엔 나조차도 그 믿음에 이끌려 스스로를 혐오하기도 했다. 그 혐오의 깊이는 상당했지만, 내가 느끼는 사랑이 그렇게나 열과 성을 다해 혐오했어야 할 만큼 대단할 게 없다는 걸 깨닫는 데엔 그리 오랜 시간이 걸리지 않았다. 어느 누구나처럼 세상과 나는 완전히 같은 사랑의 감정을 공유하고 있던 것이다.

그런데 내가 처음 게이커뮤니티 활동을 시작하고 게이들을 직접 만나기도 하면서 '이걸' 꽤나 쉽게 받아들인 게이들도 있다는 걸 접하고선 적잖이 당황했다. 그러니까, 게이라는 사실 말이다. 이렇게 험난한 세상 속에서 게이인 채로 살아가야 한다는 걸 인지하던 순간, 나는 세상이 무너지는 줄 알았기 때문이다. 커갈수록 얼굴이 길어지는 걸 그저 관망하고 있어야 한다거나 알고 보니 내 콧구멍은 원래부터 컸다라는 사실을 뒤늦게 발견하게 될 때의 절망감하고는 비할 바가 아니었다(이건 농담이 아니다. 나는 실제로 외모 콤플렉스에 시달리곤 했다).

　　뉴스를 틀면 나오는 참 안된 사람들의 이야기. 그러니까, 내가 아니라서 다행인, 바로 그런 이야기의 주인공이 바로 '나'였다! 그것은 실로 처참한 경험이었다. 왜 하필 나일까? 왜 내가? 도대체 왜? 물론 이러한 좌절들은 내가 (짝)사랑에 빠질 때마다 그 행복감에 마취되어 순식간에 별것 아닌 것이 되어버리기도 했지만 예정된 시간이 흐르고 나면 다시 고개를 들어 나를 힘들게 했다. 그리고 그럴 때마다 나는, 여자를 좋아해 보려고 야동을 틀어 여자 쪽만 뚫어지게 쳐다본다거나(실패) 내게 대시를 해온 여자애와 사귀어본다거나(차임) 인터넷에 여자를 좋아하는 법을 검색해 보았지만 그들은 내가 남자를 좋아하는 건 일시적 감정이며 살면서 겪는 흔한 착각 중 하나이니 조급해하지 말고 천천히 기다려보란 답변만 내놓을 뿐이었다.

　　하지만 나는 알고 있었다. 가만히 기다리고 있어봤자 바뀌는 일은 없을 거라는 걸. 맘속으로 '나는 여자를 좋아한다'라고 외치며 자기암시를 하거나 당장 어떻게 하면 남자를 좋아하지 않을 수 있는지를 고심해 봤자였고 벗어날 수 없음을 깨달을 때마다 절망했다. 나는 변할 수 없었다. 어디 그뿐인가. 내 정체성을 스스로 인정한 뒤에도 사회의 냉담한 시선과 편견은 늘 거기 그 자리에 그대로 있었다. 사실 여자를 좋아해 보려는 나의 시도 자체가 이 사회로부터 기인한 것이기도 하고 말이다.

나는 나와 같은 게이들을 만나면 딱 이런 이야기를 주고받을 수 있을 거라 믿었다. 우리가 얼마나 힘들게 살아가고 있는지에 대하여, 서로 공감대를 이루고 얼마나 슬펐는지를 도란도란 주고받는 것이다. 지금 생각해 보면 '개오바'스러운 면도 있지만 뭐, 진정성 넘치고 건전하지 않은가?

하지만 그들은 이미 그런 과정을 수료한 것인지, 나보다 한참 앞서나가고 있는 듯 보였다. 그들의 공간은 좋아하는 팝가수나 걸그룹 또는 잘생긴 연예인 이야기로 시끌벅적했고 어젯밤 다녀온 게이클럽이나 다음 날 만나 거사를 치르게 될지도 모르는 낯선 상대에 관한 이야기로 늘 떠들썩했다. 또 그들은 자기 자신을 스스로 '끼순이'라 칭하거나 아니면 상대방을 향해 그렇게 부르곤 했다. 그들의 자조적인 태도는 오래전부터 이어져 온 듯했다. 끼, 기갈, 보갈, 은둔, 일틱, 역대, 걸커… 이 모든 것들은 가끔은 단지 소통수단 내지는 유머 그 이상, 이하도 아닌 듯 비춰지기도 했다.

나는 또 다른 소외감을 느끼기 시작했다. 분명 나와 같은 경험을 한 사람들이 맞는 것일까? 저들은 딱히 힘들어본 적이 없었던 것일까? 자기가 게이라는, 그 어마어마한 사실을 그냥 쉽게 받아들인 걸까? 정말, 그게, 가당키나 한 것일까? 나는 내가 가지고 있는 무게감이, 저들이 가지고 있는 무게감과는 다르다는 생각으로 인해 묘한 괴리감에 시달려야 했다. 가끔은 마치 내가 더 고상한 양 저들을 내리깔아 보기도 하였으며 '진짜 이렇게 생각하는 사람은 나밖에 없는 걸까?' 하고 오만한 고뇌에 빠지곤 했다.

마치 게이이기 때문에 무언가 정해진 행동양식들이 존재하는 것만 같았다. 그리고 나 역시 게이이기 때문에 그런 행동양식에 따라 어울려야만 함을 요구받는 것 같기도 했다. 이전의 기억들이 스쳐 지나갔다. 축구, 여자, 게임 얘기 빼면 남는 게 없는, 학교, 군대, 직장 등에서 만난 남자들과의 대화라든가(담배를 피울 줄 알고 술을 잘 마시면 더욱 수월해진다) 남자애들이 불편해 여자애들 무리에 합류하려 하면 마치 날 껄떡거리는 찌질이 또는 상황 파악 못 하는 불청객 정도로 흘겨보던 그녀들의 시선이라든가.

나는 점점 나를 있는 그대로 이해해 주는, 나와 비슷한 사람들이 고팠다. 그래, 나에게도 나와 어울리는 사람들이 있어. 그런데 아뿔싸, 지난날의 고립감이 또다시 느껴진다. 이젠 게이들 속에서도 혼자가 된 것이다. 도대체 어디에 있어야 하는 것인가, 나는?

여기서 잠깐 여담이지만, 나는 그럼에도 불구하고 온·오프라인 게이커뮤니티에 정면으로 부딪쳤다. 이 부딪침은 내 이십대 중반이 흘러가는 동안 쭉 지속됐는데, 나는 게이였기 때문에, 그게 뭔지 알아야 했다. 게이가 한국 사회에서 서로 만나는 방법 내지는 노는 방법 같은 것을 말이다. 완벽한 섭렵은 아닐지 몰라도 시도해 볼 만한 가치가 있어 보이는 것들은 모두 완료한 사람이 되어야 했다.

나는 일단 온라인 게이커뮤니티에 주기적으로 내 일상 사진들을 공유하며 이름과 얼굴을 알렸고(이는 갈수록 쉬워졌지만 최초에 내 사진을 업로드했을 당시엔 엄청난 용기가 필요했다.) 게이 데이팅앱에도 가입해 많은 게이들과 쪽지를 주고받았다. 나는 그때그때 친구들을 사귀어 게이의 메카라 불리던 종로3가의 숨겨진 술집들을 탐방하였으며 택시를 타고 이태원으로 넘어가 게이클럽을 순회했다. 결과적으로, 이것들은 내게 분명 흥미로움을 선사해 주긴 했으나 그보단 거기에 들인 돈과 시간이 조금은 아까웠음을 고백한다.

나는 술도 못 먹고 담배도 피우지 않기 때문에 일단 여기서부터가 글러 먹고 시작한 셈인데 시종일관 담배연기로 자욱한 클럽과 '술'집이 웬 말인가. 이를 상쇄할 만한 대단한 무언가를 발견할 순 없었다. 애초에 그런 곳에서 진짜 나를 발견한다는 건 꿈도 꾸지 말아야 할 일이었다. 글쎄, 어떤 외부인들은 자유로워 보이는 게이문화를 동경한다지만 그건 그냥 말뿐인 것에 지나지 않아 보였다.

그렇다고 후회하는 건 아니었다. 나는 내가 투자한 가치로부터 몇 가지 정도는 상환받을 수 있었는데, 나와 안 어울리는 건 끝까지 안 어울린다는 깨달음과 내가 게이라고 해서 반드시 게이문화에 합류할 필요는 없다라는 사실, 그리고 그 모든 게 기대 이하였다는 사실, 다시 말해, 알고 보니 별거 없다는 관점을 갖게 된 것이다. 또 나와는 잘 어울리지 않는다는 걸 알면서도 정면으로 부딪친 내 스스로가 대견하다는, 일말의 자부심도 획득했다.

자, 여기까지 여담이 길었다. 본론으로 돌아와, 지금부터는 알고 보니 나와 비슷한 게이들도 많았다고 얘기할 차례다. 서로의 힘듦 역사에 대해 줄줄이 읊어야 할 의무감까지는 일치하지 않을지 몰라도 적어도 온·오프라인 주류 게이문화에 어울리지 못하는 나 같은 게이들은 충분히 많았다. 이에 대한 보다 근본적인 이야기를 해보자.

근본적으로 한국 게이문화는 아직도 태동기에 머물러 있으며 표면으로 드러난 것들이 없어 직접 찾아봐야 하고 규모도 작다. 게다가 막상 마주하게 된 것들은 명분만 갖춰놓고 활성화되지 않았거나 기대했던 것과는 다른 풍경이 펼쳐지기도 한다. 개인의 취

향이라는 것도 무시할 순 없으니까. 그나마 뭔가 활발히 운영되고 있는 건강한 커뮤니티가 있다고 해도 아웃팅의 위험 등으로 인해 자발적인 폐쇄성을 띠고 있다. 일례로, 배드민턴을 좋아했던 난 운 좋게 게이 배드민턴 동호회가 있음을 알고 두어 번 참여했던 적이 있다. 이후 오랜 기간 잊고 살다 다시 참여하고 싶어 인터넷을 뒤졌을 땐 그곳의 흔적을 전혀 찾아낼 수 없었다. 애초에 그들이 동호회 홍보를 하는 시간은 찰나에 불과했기 때문에 그 순간 우연히 해당 게시글을 발견한 내가 운이 좋았던 거라고 봐야 했다. 그들은 인터넷에 자신들의 족적을 남기기를 상당히 꺼려했다. 그리하여 당장 눈에 띄는 거라곤 원나잇 목적으로 다운받는다는 인식이 지배적인 게이 데이팅앱, 친구들 없인 갈 엄두도 낼 수 없는 게이술집 그리고 게이클럽 정도다. 물론 낯선 언어들이 남발되는 인터넷 게이커뮤니티들도 있다.

결국 실질적으로 활성화된 주류 문화는 예나 지금이나 한결같다. 만약 이 몇 가지들이 나와 맞지 않거나 감내할 수 없다면 그때부터 나는 더더욱 나와 같은 사람을 만나기가 힘들어지는 것이다. 결론을 내자면 나와 같은 사람들은 보이지 않는다. 내가 게이 세계에 발을 담가본 후 알아낸 세 가지 게이 유형이 있다. 첫 번째 유형은 진짜 '즐기고 있는' 게이들이다. 더 설명할 필요가 있을까. 두 번째 유형은, 같은 게이세계에서조차 자신의 존재가 발각될까

두려워 멀찌감치 떨어져 바라만 보는 게이들이며(흔히 '은둔'이라고
들 부른다) 세 번째 유형은, 자신과 어울리지 않는다는 걸 알면서도
마치 자기가 그런 사람인 것처럼 이 세계에 뛰어들고, 정면으로
부딪치고 있는 게이들이다. 물론 이들 중엔 실제로 자신이 되고
싶은 형상대로 포지셔닝에 성공해 가는 게이들이 있고 반대로 자
신과 어울리지 않음을 더 절실히 깨닫는 게이들도 있으며 그저 경
험 자체만으로 만족해하는 게이들도 있다. 더 세분화시키려면 자
라온 환경이나 재정상황 등 고려할 게 많아지니 그냥 이쯤으로 해
두자(그리고 이건 다 내 '뇌피셜'이란 것도 알아두길 바란다. 이 책 자체가 김철
수의 뇌피셜이다).

　여기서 두 번째와 세 번째 유형에 해당하는 게이들은 눈을 크
게 뜨고 통찰하듯 잘 찾아봐야 보인다. 특히 두 번째 유형은 아예
게이문화하고는 담을 쌓고 살기도 하기에 만날 가능성조차 없을
지 모른다. 이들은 철저하게 이성애자라는 가면을 쓰고 하루하루
회색도시 속에서 버티고 있기 때문에 어떤 특별한 계기가 되어 스
스로 마음을 돌리지 않는 한 우리가 이런 자들을 만날 가능성은
정말이지 제로에 가깝다. 그리고 이건 당사자에게도 그렇지만 그
를 만나 사랑하게 될지도 모르는 다른 모든 게이들에게도 막대한
손해다. 가뜩이나 '성소수자' 아닌가. 〈채널 김철수〉 생방송에서
'사연읽기' 코너 때 특히 이런 사연을 보낸 분들이 많이 계셨다.

"다짜고짜 얼굴이랑 몸부터 보여줘야 하고 그마저도 왠지 원 나잇을 뛰는 것만 같아서 게이 데이팅앱은 싫고 다른 커뮤니티도 여기저기 돌아다녀봤지만 다 똑같은 것 같은데 도대체 사람은 어떻게 만나나요?", "그냥 이성애자들처럼 직장에서 오래 보면서 자연스럽게 친해지고 싶은데 정말 그럴 수는 없을까요?", "저도 사람을 만나고 싶은데 그러기가 너무 힘드네요. 제가 너무 많은 걸 바라는 걸까요?"

이에 대한 내 솔직한 대답은 "나도 잘 모르겠다."라고 할 수 있겠다. 구독자 20만 명의 게이유튜버인 나는 단지 운이 좋았던 것 같기도 하고. 그냥 다른 사람들에 비해 상대적으로 용기가 있었던 것 같기도 하다. 그렇다고 그를 과연 용기 없는 사람으로 내몰 수 있을까? 왜 나오지 않고 숨어만 있냐고, 어서 나오라고 강요할 수 있을까? 그의 마음을 너무도 잘 이해하는 나는, 그럼에도 불구하고 이렇게 대답한다.

"그래도 한번 해보세요. 당신과 똑같이 생각하는 사람이 거기에 있을 거예요. 저도 그런 것 때문에 어울리기도 힘들고 짜증도 났는데 다 그런 사람만 있는 게 아니더라고요."

내 세 가지 유형 구분법에 따르면, 수적으로만 보면 나와 같은 사람들은 지금 나와 다르다고 느껴지는 사람들만큼이나 많다. 그러니 당장 겉으로 보이는 풍경에 속아 넘어갈 필요는 없다는 말을 하고 싶다. 좋은 쪽이든, 나쁜 쪽이든. 무언가 압도적인 것처럼 보이는 어떤 것들은 단지 그게 유일하기 때문일 수도 있다.

나는 한국 사회의 편견이 만든 철저한 피해자라는 생각도 든다. 힘들어 본 적이 없어야 하는 게 실은 맞기 때문이다. 게이로 태어난 게 무슨 죄인가? 참 징글징글하게 당연하게도 그건 죄가 아니다. 내가 저들에게 너도 이만큼 힘들었어야 하지 않느냐라고 묻는 행동은 오만과 편견이자 분열일 뿐이다. 또 그들 역시 다음 날 아침 다시 사회로 회귀하면 각자 그들만의 공간에서 억압과 차별을 감내해야 한다. 커밍아웃을 했든 안 했든. 물론 안 한 게이들이 압도적으로 더 많지만 말이다. 이렇게 들으면 왠지 속으로 배시시 웃으며 은밀하게 본성을 감추고 살아가는 게이들의 모습이 징그럽게 느껴질지도 모르겠다. 그럴 필욘 없다. 이건 내 편견인데, 게이들은 매너가 좋다. 이렇게 녹록지 않은 세상 속에서도 말이다.

여기까지 오니 진짜 하고 싶은 말이 생겼는데, 하루빨리 동성 커플이 결혼할 수 있었으면 좋겠다. 우리가 한국 사회에서 똑같은 시민의 자격을 가지고, 같은 사회구성원으로서 어필할 수 있기를 희망한다. 커밍아웃, 그것은 분명 우리를 가시화시키는 데에 가장 효과적인 수단이며 나 역시 모든 게이에게 추천하는 바다. 하지만 아무도 지켜주지 않는 세상에서 커밍아웃하라고 떠미는 건 그 자체가 모순이기도 하다. 결국 그 위험은 고스란히 당사자 홀로 모두 감당해 내야 한다.

우리는 누구나와 똑같이 보호받아야 할 국민이다. 이 징글징글하게도 당연한 권리를 갖게 된다면, 우리는 '국가'라는 든든한 백을 등 뒤에 두고 조금 더 힘을 낼 수 있을 것이다. 내가 결혼을 하고 남편이 아플 때 간호사가 보호자를 찾으면 내가 손을 들어 대신 사인을 하고 인터넷 가족결합 할인도 받고 가족특가 리조트 여행도 떠나고…. 그렇게 게이 가족 풍경이 계속 늘어가다 보면 나처럼 세상과 잘 못 섞여 겉도는 사람에게도 몇 번의 기회는 주어지지 않을까. 적어도 세상과 그리고 사람들과 잘 어울리지 못하는 자기 모습을 저주하게 되는 일은 사라지지 않을까.

이 모든 과정을 위해 우린 결혼해야 한다. 결혼해서 이성애자 가족 바로 옆집으로 이사 가 이웃사촌을 맺어야 한다. 우린 수많은 주류들 속에 파묻혀 영영 잊히는 존재가 아니라, 그 작은 틈을 다이아몬드 모양으로 반짝반짝 빛내는 존재이기 때문에. 이름도 성소수자 아닌가. 성스럽게 빛나는 소수자. 이 말을 하고 싶어서 여기까지 주절주절 떠들었나보다. 성스럽게 빛나는 소수자. 우습고 유치한데 제법 근사한 표현 같다.

아, 그런데 살짝 보강해야 할 내용이 있다. 그렇다고 모든 게이 문화가 양지로 나올 필요는 없을 것이다. 음지는 뭐, 음지대로 알아서 하겠지. 다른 모든 음지가 그렇듯.

노란색
셀로판지로
덧칠한 세상

●

노란색 셀로판지를 눈에 대고 창밖을 보면 세상이 찬란하게 보인다. 초등학교 미술시간에 쓰다 남은 노란색 셀로판지 쪼가리를 집으로 챙겨 와 심심할 때마다 눈두덩이에 얹어놓은 적이 있다. 그렇게 가만히 누워서 천장을 보고 있으면 완전히 다른 공간에 있는 기분을 느꼈다. 그것으로 할머니 얼굴을 보기도 하고 아빠의 얼굴을 보기도 했으며 누나의 얼굴도 보고 거울 속의 내 얼굴도 보았다. 베란다에 나가 창밖을 보면 세상이 천국 같았다.

시간이 흘러 중학생이 되었을 때 우연히 길가에 떨어져 있는 노란색 셀로판지 조각을 주웠다. 눈에 대고 하늘을 올려다보았더니 여전히 그 느낌이 났다. 오랜만에 느껴보는 그 기분이 너무 좋아서 나는 한동안 노란색 셀로판지를 교복 주머니에 넣고 다녔다. 길을 걷다 문득 셀로판지를 꺼내, 바람에 흔들리는 가로수를 보고 밤거리에 늘어선 가로등 불빛도 보고 역 앞에 지나다니는 사람들, 자동차들, 크고 작은 건물들도 보았다. 그것들의 이면에 있을 불행이 느껴지지 않았다. 슬픔조차 환희로 바꾸어주는 듯한, 모든 불행엔 그만한 이유가 있다고 말해주는 것만 같은 찬란함이 있었다. 하지만 마냥 좋은 점만 있는 건 아니었다. 이 마법도구에게도 단점이 하나 있었는데, 한참 찬란한 세상을 관망하다 셀로판지를 눈에서 걷어내면 세상이 너무도 어두워진다는 점이었다. 그게 진짜 현실이라는 게 믿기지 않았다. 내 안의 무언가가 부정당하는 것만 같았다. 그 칙칙함에 다시금 익숙해질 때까지는 몇 분의 시간을 흘려보내야 했다.

어느 순간부턴가, 셀로판지를 떼어내고 원래의 세상에 회귀하게 될 때의 실망감이, 셀로판지를 장착하고 세상을 바라볼 때의 희열보다 더 크게 다가오기 시작하면서 나는 그것을 더 이상 지니고 다니지 않게 되었다. 나는 셀로판지를 완전히 구겨서 쓰레기통에 버린 뒤, 내 속에서 조용히 밀려드는 자괴감과 마주해야 했다. 까만 비닐봉지 안에 버려진 그것은 왠지 나를 찌질한 사람처럼 보이게 만들었다. 주변의 다른 친구들은 제각각 '자기만의 눈'을 가지고 어울려 살아가는데 나는 몇백 원짜리 셀로판지 쪼가리를 들고 아직도 혼자만의 세계에서 놀고 있었다. 나는 내 찌질한 성장과정을 들키고 싶지 않아 그것을 더 깊숙이 찔러 넣었다.

그로부터 다시 15년쯤 후인 현재, 혼자 코인 노래방에 들러 노래 아홉 곡을 열창하고 나오는 길이었던 김철수는, 문득 문구점에 들러 노란색 셀로판지를 찾았다. 지금도 그때의 느낌이 나려나. 밖으로 나와 그것을 눈두덩이에 대고 하늘을 올려다보았다. 여전히 그 느낌이 났다. 가장 극단적으로 좋은 순간을 포착하는 느낌. 그것을 집에 들고 가 장호의 얼굴을 보았다. 아배붑 얼굴도 보았다. 들꽃 얼굴도 보고 작은 상처 얼굴도 보고 별달해 얼굴도 보았다. 수조 안도 비춰보았다. 집 안 풍경을 그렇게 한 번 쭈욱 훑어보았다. 창밖의 오밀조밀한 연신내 번화가도 보았다. 그다음 셀로판지를 눈 밑으로 내리고 어두워진 번화가를 다시 보았다. 연이어 셀로판지를 올렸다가 내렸다가를 반복하며 계속 비교해 보았다. 뒤로 돌아 방 안을 또 그렇게 보았다. 그때는 몰랐는데 이제 알게 된 것이 하나 있었다. 어두운 방은 그냥 어두운 방 그대로 놔두는 게 더 근사할 것 같다는 사실이다.

내게 셀로판지 같은 건 필요 없음이 확실해졌다. 나는 내 눈으로 세상을 본다. 느리지만 정확하게, 나는 계속 자라고 있다.

나 를
받 아 준
유 튜 브 에 게

●

유튜버로 이름을 알리게 되니 자연스레 수많은 매체에서 인터뷰 요청을 받는다. 그중 단 한 번도 빠지지 않고 들어온 질문이 하나 있다.

"유튜브를 시작하게 된 계기가 뭔가요?"

생각해 보면 별거 아닌 질문인데, 대답하면서 의미도 부여하고, 무게 잡기 딱 좋겠다는 생각이 들었다. 성소수자 유튜버가 부쩍 많아진 요즘에 비해, 내가 처음 유튜브를 시작했을 무렵엔 성소수자 유튜버가 거의 존재하지 않았다. 그래서인지 '퀴버지(퀴어들의 아버지)'라는 과한 칭찬을 듣기도 하는 나로선 '게이 유튜버'로서 내놓아야 할 모범 답안이 있어야 할 것만 같았다. 게이에 대한 편견을 잠식하고 싶었다든지, 떳떳한 자신을 보여주고 싶었다든지, 그 소리가 그 소리인 답변들. 뻔하긴 하지만 이는 내 진심이 맞다. 그런데 비슷한 대답을 매번 반복하다 보니 '커버지' 따위는 의식하지 않은 좀 더 내밀한 답변을 해보지 못한 것에 대한 아쉬움이 들 때가 있었다. 내 앞의 인터뷰어가 받아 쓸 만한 내용인지 아닌지 눈치 보느라 넘겨버렸던, 내 안에 있던 조금 더 개인적인 이야기.

세상이 무너져도 내가 다신 아르바이트를 하고 싶지 않은 이유가 있다. 아니, 아르바이트뿐 아니라, 내가 만약 스펙이 좋아 이 나라에서 요구하는 사회인으로서의 가치가 충만한 사람이었다 해도, 나는 '직장'을 다니고 싶지 않을 것이다. 그건 내가 원하는 일이 아니기 때문이다. 돈을 적게 벌든 많이 벌든 본질적으로 내가 그 일을 왜 하고 있는지, 왜 해야 하는지, 도대체 그 일이 의미하는 게 뭔지 설명할 수 없는 기분이 든다. 그럼에도 내가 그 일을 선택했다면 단지 돈을 벌어야 하기 때문이겠지. 만약 내 스펙이 좋았더라도, 그 역시 돈을 좀 더 많이 벌기 위한 노력일 뿐이었을 것이다.

물론 이런 얘기를 남들한테 할 때는 반드시 '내가 지금 말하자는 바에 한껏 고상 좀 떨자면'이라는 전제를 붙여놔야 한다. 그게 아니라면 '쟨 좀 현실감각이 없는 앤가 봐'라는 의심을 받게 될 것이다. 또 그게 일정 부분 사실이라는 점에서 나의 치부를 들키고 싶진 않으니 최대한 삶의 본질적인 측면에 대해 강조하며 얘기하는 게 좋겠다. 어쨌든 그래서, 돈을 벌기 위해 해야만 하는 대부분의 일들은, 돈만 아니라면 왜 해야 하는지 알 수 없는 멍청한 행동거지들의 반복일 뿐이다(라고 나는 생각한다.).

우리는 밖에 나가 그저 하늘을 올려다보거나 풀숲을 걸을 때 세상의 아름다움을 좀 더 많이 누려야 할 의무가 있고, 내면의 소리에 조금 더 귀 기울일 필요가 있다. 우리는 그렇게 태어났다. 내가 정말 부러워하는 사람들은, 이 자본주의 사회에서 요구하는 인재상과 지극히 사적인 개인의 삶을 적절히 조화시키는 데에 성공한 사람들이다. 한마디로, 자기 재능으로 돈을 벌고 사는 사람들이 나는 너무도 부럽다. 그들은 하루 중 반나절이 넘는 시간을 도대체 왜 그 일에 투자해야 하는지 설명할 길 없는 사람들과는 한끗 다른 보람을 느끼며 살아가기 때문이다(라고 내가 생각하고 있기 때문이다). 그들이 그 값진 재능으로 단지 하루하루를 나기 위한 돈을 번다 해도, 연봉 일 억, 이 억 원씩 받는 잘나가는 사람들이 부럽지 않을 것만 같다. 물론 세상 모두가 그런 자주적인 삶을 살 수는 없고, 또 그러지 않는다는 것도 잘 안다. 삶의 가치는 저마다 다르니까.

나 같은 사람, 즉 게이(태어나자마자 이등시민으로 분류돼 버리는 소수자)이면서, 가난한 가정에서 태어난 사람(재능이 있어도 발굴될 가능성이 희박한 환경에서 사는 사람)은 일단 닥치고 선행해야 할 것이 두 가지가 있는데 첫째는 '내가 누구인지 절대로 말하지 말 것'(비슷하게 다른 말로는 '철저하게 나 자신을 숨기며 살 것')이며 둘째는 '묻지도 따지지도 말고 공부 열심히 할 것'이다. 그런데 나는 그 두 가지가 모두 하기 싫었다. 따라서 나는 변변한 직장을 가져본 적이 없다. 편의점 평일 야간 아르바이트를 하면서 월급 200만 원 이상을 벌었던 기간이 '사회인 김철수'가 가장 성공한 시기라 말할 수 있겠다. 그나마도 진짜 나란 사람에 대해 타인과 소통하며 살아가지는 못했다.

이런 나에게 그나마 희망적이었던 점도 있다. 첫째, 내가 '그 삶'을 선망해 마지않는다는 사실 그 자체다. 그 삶이란, 나 자신을 아무렇지 않게 드러내고 돈을 벌 수 있음을 말한다. 어느 누구도 완전히 가면을 벗은 채로 살 수는 없다고들 한다. 하지만 동료와 밥을 먹다가 길을 걷다가 일을 하다가 문득문득 내 생활과 애인에 대해 이야기하게 될 때, 존재하는 내 애인을 없는 사람 취급하며 말하고 싶지 않고 거짓으로 내 생활을 둘러대고 싶지도 않다. 난 이렇게 태어났을 뿐이고 정말 아무 죄도 짓지 않았다니까? (죄? 풉!) 도대체, 이토록 아무것도 아닌 나 스스로를 왜 감춰야 하며 왜 두려워해야 하는지, 왜 이토록 말하기가 힘든지.

둘째, 나는 분명 어떤 재능이 있는 아이였다. 어릴 때부터 그림

그리기, 글쓰기를 좋아했고 또래들이 주로 듣는 가요가 아닌 좀 더 폭넓은 음악들(말하자면 외국의, 외국인 목소리가 들리는 음악들, 가사가 없는 연주곡들)을 찾아 듣곤 했으며, 자연을 사랑했고 또 느낄 줄 알았다. 눈앞의 작은 생물들과의 대화에 참여했으며 자연의 냄새, 소리, 질감들에 심취하곤 했다. 그 생동감 넘치는 생명력에 온종일 몰입해 하루를 영원처럼 느끼기도 했다. 나는 나에게 어떤 천부적인 예술 감각이 있음을 알았다. 분명 남들과는 다르다는 개인적인 믿음이었다.

그러던 어느 날 유튜브를 보았다. 유튜브를 처음 보았을 때, 나의 '그 삶'을 향한 희망에 화르륵 불이 붙는 걸 느꼈다. 유튜브는 내가 게이인 걸 차별하거나 애써 목도하지 않았다. 오히려 내가 어떤 사람인지 보여 달라고 속삭였다. 내가 어떤 스펙을 가졌는지 묻지 않았다. 단지 내가 가진 재능을 마음껏 써보라고 속삭였다. 만약 이것으로 내가 돈을 번다면, 나는 '진짜 보람'을 느낄 수 있을 것 같았고 '진짜 사회인'으로서 첫발을 뗄 수 있을 것 같았다.

오직 돈을 벌기 위해 쌓는 기계적인 스펙, 그런 멍청한 것들은 아무짝에도 쓸모없다고 말해왔던 내 열등감이 조용히 동조받는 기분도 들었다. 늘 나의 머릿속에서 울려 퍼지던 '쟨 좀 현실감각이 없나 봐'를 지그시 딛고 올라서고 싶었던 내게, 유튜브는 그 어떤 것보다 현실적인 기회였다. 내가 단지 게이인 채로 돈을 벌 수 있다면. 그게 얼마든. 그건 너무 행복한 삶이었다.

선망해 마지않는 그 삶. 멍청한 굴레에서 빠져나와 가장 영리하게, 보다 진실된 소신 한 스푼을 뜨는 데 성공하는 삶. 하지만 누군가는 내게 왜 현실에 좀 더 직접적으로 부딪치지 않았느냐고, 유튜브가 아니었다면 결국 아무것도 달라질 게 없었을 거라고 일갈할지 모르겠다. 무서운 약육강식의 법칙에 따라 주어진 환경에 적응하지 못하면 도태되는 게 지당하거늘 대체 어느 판타지 속에서 허우적거리는 거냐고 말이다. 그렇다. 인정할 수밖에 없는 대목이다. 그치만 이에 대해 한껏 시니컬하게 받아칠 말도 생각해두었다. '정상'이라는 삐뚤어진 굴레에 갇혀 내게 한 바가지 충고하고 싶었을 그에게 말해주고 싶다.

"네가 한 번 살아봐, 내 인생. 나도 부딪치고 싶었지만 어떤 기회도, 계기도 없었어. 욕심을 내다가도 되레 당장 중요하지도 않은 일에 목숨을 걸 필요는 없다고 스스로를 회유했지. 네 인생이 그렇듯, 나는 내 인생이 너무 소중했어. 그래서 자꾸 꼬여만 간 거야. 난 무엇이 옳은지 알고 있었고 정말 그렇게 살고 싶었어. 그래서 난 나에 대해 말할 수 있는 곳이 필요했어. 너희들이 받는 그 당연한 존중을 나 역시 받고 싶었던 거야."

그리고 이 말이 곧 내가 유튜브를 시작하게 된 좀 더 내밀한 계기다. 내가 게이인 채로 돈을 벌 수 있을지도 모른다는 생각. 그 생각이다.

어느 그룹에서나 다수자들은 당연한 것들에 대해 노력할 필요가 없다. 그건 이미 말하지 않아도 아는, 일종의 약속된 것이기 때문이다. 그러나 그 틈바구니에 섞여 살아가는 소수자들은 그 당연한 것들을 얻기 위해 노력해야 한다. 노력하지 않으면, 나는 오해받은 채로 왜곡되고 점점 사라져 갈 것이다. 누군가는 그 또한 흔쾌히 수락하는 것도 같다. 그러나 나는 나로서 존중받고 싶다. 문제는, 내가 어떤 사람인지에 대해 말하는 게 '위험'한 일이 되어버렸기 때문에 이제는 단순한 노력을 넘어 목숨을 걸 만큼의 용기가 필요하게 됐다는 것이다. 그러니 그냥 '일반적인 이성애자'로 치환되어 사는 게 더 편하고 스스로도 그걸 원하게 됐을지도 모른다.

그리하여, 이 위험천만한 세계에서 뭘 어찌 해야 할지 몰라 애매하게 늙어만 가던 내게, 제대로 멍석을 깔아준 유튜브에게, 이 책을 빌려 정식으로 고맙다는 말을 전하고 싶다. 그냥 사라져 버렸을지 모를 작은 점에게 기회를 줘서. 시작할 수 있는 계기를 만들어줘서. 그냥 나를 받아줘서. 진심으로 고맙고. 감사합니다.

형
눈빛만 봐도
알아

●

한 게이 커뮤니티에서 "철수랑 장호가 존경스럽다"라는 제목의 게시글을 보았다. 내용인즉슨, 유튜브에 '게이'라고 한번 쳐봤더니 전부 야한 이야기에 자극적인 섬네일만 주르륵 떴다는 것이다. 말하자면 유튜브 〈채널 김철수〉는 다른 유튜버들과는 다르게 소위 '어그로도 없이 인기를 유지한다'라는 뜻 정도 될 것이다.

〈채널 김철수〉에 대한 이러한 인식은 꽤 오래전부터 있어왔다. 장호와 나 둘의 평범한 일상을 담은 브이로그뿐 아니라 여러 인터뷰, 커밍아웃 프로젝트 등 다루는 콘텐츠가 다양하고 건강하기 때문일 것이다. 하지만 내게 이건 칭찬으로만 받아들여지지 않는다. 〈채널 김철수〉의 이미지가 어떤 한 방향으로 고착화되는 것이 크리에이터로서 마냥 반길 일만은 아니기 때문이다. 너무 건전하기만 해도 별 재미가 없지 않나. 사람들은 누구나 자극을 원하기 마련이니까.

화면을 아래로 내려 댓글을 확인해 보았다. 그중 눈에 띄는 댓글 하나가 보였다. '장호가 치트키'라는 댓글을 읽는 순간 나는 씩하고 웃음이 나왔다. 정말 맞는 이야기라서다.

지난여름 비 오던 날, 내리는 비를 그대로 맞고 귀가한 내게 장호가 말했다.

"형한테서 썩은 걸레 냄새가 나."

장호는 뒤에서 나를 끌어안고 과장되게 킁킁거리더니 다시 힘껏 나를 밀치고는 온몸을 부르르 떨어 보였다. 나는 대답했다.

"샤프란을 안 했어, 모르고."

나나 장호나 빨래엔 재능이 없었다.

"밥 먹었어? 밥 먹어야지? 집에 뭐 있지?"
"밥이 없어."

재능 없기는 요리도 마찬가지다.

"근데 형 왜 밥 안 먹고 왔어?"

"너랑 같이 먹으려고."

그날은 장호 없이 나 혼자 외부 매체와 인터뷰를 하는 날이었는데, 장호에게 사람들과 저녁을 먹고 가겠다는 메시지를 남긴 뒤에 빈속으로 비만 맞고 오게 된 것이다.

"아, 몰라, 불편해."

수줍고 모난 성격 어디 가랴, 나는 결정적인 순간에 "애인이 집에 있어서 전 그냥 먼저 가볼게요."라는 얼토당토않은 말을 지껄이며 그 자릴 서둘러 빠져나왔다.

"아, 뭐야, 공짜 밥인데 먹고 왔어야지!"

장호는 썩은 걸레 냄새를 풍기는 나를 한심하다는 듯 째려보며 그렇게 사회생활을 못해서 어쩌냐는 식으로 고개를 젓는다. 나도 안다. 나 못난 거. 밥 한 끼 하는 게 뭐 대수일까. 그냥 시시콜콜한 얘기 몇 마디 나누다 또 만나자 헤어지면 그뿐인걸. 하지만 남들 다 쓰는 '들어가세요' 한마디조차 어른들이 쓰는 표현이라며 과감히 생략해 온 나다. 아직도 수줍음 과한 어린아이 김슬기가 내 속에 숨어 산다.

그리고 이번 역시 그런 경우였을 뿐이다. 괜히 시간만 낭비하는 것 같고 별로 즐겁지도 않을 예정이었다. 그 자리에 온전히 참여하지 못하는 나 자신과 직면한 채 이상한 괴리감을 느끼고 있어야 했다. 몇 마디 내뱉는다고 해도 그것이 내면에서 우러나오는 진심도 아니었을 것이며 혹은 오히려 과하게 진심을 털어와 찬물을 끼얹고 말 것이다. 나는 내가 그렇게 행동하리라는 걸 안다. 중간이 없다. 서툴러도 너무 서투르다. 공적인 것이 어느 순간 사적으로 바뀌는 것에 적응을 못 한다. 아무리 가벼운 자리라 해도 말이다. 그래서, 나 자신과 그들 모두를 위해 피해줘야 한다. 쾌활하고 자연스러운 분위기 속에서 불청객이 되지 않기 위해.

"아니 그걸 왜 안 먹고 와, 바보야?"

장호의 쯧쯧거리는 소리가 귀엽고 또 포근했다.

"너도 있었으면 먹었지."

나는 그러면서 1.5미터쯤 멀어진 장호를 다시 붙잡아 안았다.

나는 때때로 장호를 안을 때 안으면서 안긴다.

얼마 뒤 우린 넷플릭스에서 영화 한 편을 틀어놓고 배달음식을 시켜 먹었다. 우동에 치즈돈까스를 우걱우걱 해치우고 나자 슬슬 졸음이 밀려왔다. 다만 영화는 끝까지 다 볼 참이었다.이럴 때 피곤하단 말 같은 건 절대 꺼내지 않는다. 그게 배려라고 생각해서다.

"피곤해?"

하지만 물어봐 주는 건 고마운 일이다. 그런데 내가 그런 줄은 어떻게 알았을까? 다시 한번 말하지만, 나는 보통 함께 영화를 본다거나 게임을 할 때 조금 피곤해도 내색하지 않는다. 티가 나나? 이전에도 몇 번 물어본 것 같은데 정확한 대답을 듣지 못했다.

"내가 피곤한 줄 어떻게 알고?"
"형 말투만 들어도 알아. 형 그 눈빛만 봐도 알고 숨 쉬는 목소리만 들어도 알아."

비웃듯 대답한다. 티가 났구나. 이게 가족이지. 행복하다.

우 리 집
고 양 이
별 달 해 이 야 기

●

우리 집 고양이 별달해는 참 팔자가 좋다. 바닥에 등 붙이고 좌우로 구르는 걸 제일 잘한다. 과장이 아니다. 동물을 키운다면 방치하지 말자는 나의 신념은, 별달해 앞에서 무너져 내린다. 그녀는 자기 스스로를 자발적으로 방치시키기 때문이다. 나로선 어쩔 도리가 없다. 이게 무슨 말이냐 하면, 별달해는 정말이지, 무지무지 느긋하다는 말이다.

어렸을 땐 산책도 곧잘 했는데 꾸준히 데리고 나가질 않았던 탓인지 이제는 별로 나가고 싶어 하지 않는다. 아배붑, 들꽃, 작은 상처까지 각자만의 방식으로 외부 산책을 즐기는 반면 별달해는 최초의 '집고양이'인 셈이다. 사실 어린 시절 곧잘 하던 산책을 이제는 거부하는 모습을 보며 좀 더 많이 데리고 나갈걸 후회하기도 했지만 그녀가 집 안에서 누리는 영겁 같은 시간을 바라보고 있노라면 뭐 나쁘지 않네, 하고 입가에 씩 웃음이 번진다.

그런 별달해가 가장 빠릿빠릿할 땐 낚싯대로 사냥놀이를 할 때 그리고 밥 먹으라고 부를 때다. 예상외로 식탐은 그리 강하지 않아 체중이 유지되는 것에 감사할 따름이다. 아, 가끔씩 안방 침대에서 옥탑 마당까지 곡선을 그리며 '우다다'를 하기도 하는데 그럴 때면 좀 더 넓은 곳으로 이사하지 못한 재정상황이 아쉽기만 하다.

아무튼 별달해의 느긋함에 대해 좀 더 설명하자면, 별달해는 저걸 그냥 저렇게 돼도 되나 싶을 정도로 태평하다. 아니, 권태롭다고 해야 하나. 이번이 두 번째 묘생은 아닐까. 고양이가 그렇지 뭐, 라고 하기엔 훨씬 더 강력한 여유로움이 그녀의 몸체에서 뿜어져 나온다. 만약 그녀가 인간 자식이었다면 너 같은 밥버러지는 필요 없으니 당장 나가라고 내쫓았을지 모를 일이다. (사실이다.) 하지만 그녀는 고양이다. 아무래도 상관없을 거다.

인간이라는 우월감 때문인지, 백 퍼센트 인정하고 싶지 않았지만 이젠 인정한다. 나는 별달해가 부럽다. 솔솔 불어오는 창가 바람에 아른아른 흔들리는 별달해의 삼색 털들이 부럽다. 낮에는 햇빛 아래에서, 밤에는 난방 수도관이 스치는 따스한 자리에서 소소한 행복을 만끽하는 별달해가 부럽다. 그녀가 하품을 할 때 마치 공작새의 펼쳐진 꽁지깃처럼 한 올 한 올 넘실거리는 수염들은 생기로 가득하다. 게다가 아무런 근심 걱정 없어 보이는 저 깊고 까만 눈빛이라니…!

"별달해는 고생 좀 해봐야 돼."

집 아무 데나 발라당 누워 있다가 화장실 가는 내 발목을 잡고 늘어지는 별달해를 보며 가끔 이렇게 읊조린다. 지가 얼마나 유복하게 살고 있는지 알긴 알까 싶은 마음 반, 그저 흐뭇한 마음 반이다. 유독 별달해를 보면서 이런 마음이 더 강하게 적용되는 건 왜일까.

아배붕, 들꽃, 작은 상처 이 나머지 세 녀석의 유년시절이 각자 나름대로의 고충이 있었던 데 반해 별달해는 생후 1개월쯤 길바닥에서 구조돼 우리에게 온 뒤부터 극락의 생활을 보내고 있기 때문이다. 물론 극락이라는 표현이 너무 거창하게 들릴지도 모르겠다. 사실 냉정한 시각으로 별달해의 삶을 평가한다면 딱 집고양이 그 이상, 이하도 아닐 것이기 때문이다. 그냥 흔한 풍경 속의 흔한 집고양이일 뿐이다. 더구나 모든 측면에서 우리보다 더 행복한 환경을 제공해 주는 집사들은 얼마든지 있다. 하지만 그럼에도 별달해에게 극락이란 칭호를 달아주는 것은 지당하다. 앞서 밝혔듯 그녀는 아배붕이나 들꽃, 작은 상처가 걸어온 꾀죄죄했던 일상의 추억을 더 이상 공유하지 않기 때문이다.

그녀는 우리의 꼬질꼬질했던 삶을 끊는 단절의 아이콘이자 새로운 삶의 지평을 여는 데 합류한 새 생명이다. 그러니까 우리 집 안에서 별달해는, 우리가 우리답게 살기 시작한 분기점에 등장했다는 점에서 평화의 상징성을 띤다. 별달해를 데리고 왔을 때쯤부터 애인과 나는 비로소 편의점 야간 아르바이트를 그만두고 전업 유튜버로서의 길을 걷기 시작했으며 비로소 단열이 잘되어 있고 깨끗한 집으로 거처를 옮겼다. 여전히 월세라는 게 슬프긴 하지만 전반적인 환경과 패턴이 정말 많이 나아졌다. 그전과는 비교도 할 수 없을 정도로. 그럼 이제 별달해가 왜 극락을 누리는 고양이인지 알 것이다. 무엇보다도, 별달해는 단 한 번도 집에 혼자 남아 있어본 적이 없다. 우리가 잠시 집을 비워도 여전히 든든한 세 녀석과 함께다. 그러나 그것도 '잠시'일 뿐이며 애초에 우리가 집을 잘 비우지 않는다. 장호와 나는 유튜버이기 때문이다. 예전처럼 매일매일 하루 열 시간 이상 일하러 나가지 않는다. 늘 함께 같은 공간에 있다는 것. 이보다 더 중요한 게 있을까.

하지만 아배붑, 들꽃, 작은 상처의 유년기는 그렇지 못했다. 내가 들꽃을 데리고 오기로 결심했던 건, 집을 나설 때마다 텅 빈 컨테이너 옥탑방 안에서 울기 시작하는 아배붑 때문이었다. 그 울음소리가 건물을 빠져나와 길을 걷기 시작했을 때에도 들렸다. 그러면 지하철로 향하는 발걸음이 나도 모르게 빨라졌다. 얼른 갔다가 얼른 돌아오리, 무거운 마음으로 다짐하곤 했다. 들꽃을 데리고 온 바로 다음 날부터 아배붑은 내가 집을 나서도 울지 않았다. 다행스러웠지만 근본적으로 해결이 된 건 아니었다. 아무것도 없는 서늘한 옥탑방에서 날 기다리는 꼬물이가 두 마리로 늘어났을 뿐이다. 내가 애인을 만나고 또 같이 살기 시작하고 그다음 작은 상처를 데리고 온 이후에도 인간인 우리는 계속 하루 열 시간씩 집을 비워야 했다.

별달해를 보라. 바닥을 뒹굴고 다니며 그저 시간의 흐름에 온몸을 맡긴 것만 같은 그녀의 풍경은 다른 녀석들에 비해 '가장' 근심 걱정 없어 보인다. 또한, 처음 아배붑을 키울 땐 미처 몰랐던 것들, 부족했던 것들이 이후 들꽃, 작은 상처, 별달해 순으로 채워져왔다. 그녀에겐 결핍 같은 게 느껴지지 않는다.

어찌 그런 별달해를 부러워하지 않을 수 있을까. 나는 저 별달해의 평화로움을 어떻게 하면 닮을 수 있을까에 대해 테라스 난간에 걸터앉아 꽤나 진지하게 사색에 잠긴 적이 있음을 고백한다. 그리고 그녀의 평화로움을 끝내 닮지 못할 거라는 결론에 이르렀을 때, 오히려 아무래도 상관없다는 안정감이 들어 마음을 쓸어내렸던 적이 있음을 자백한다. 어차피 나는 인간이니까. 그저 저 평화로움을 곁에 두고 바라보는 것만으로도 충분하단 깨달음이었다. 얼마 전까지만 해도 내 존재가 가짜 같다는 기분이 들곤 했는데 저 작은 생명체가 그 시간들을 영원한 과거로 내몰아주는 것만 같다.

그렇다면 이 두서없는 별달해 이야기를 우리 할머니에게 주절거린다면 어떨까. 애초에 그 고양이새끼들 안 데리고 왔으면 될 것을, 왜 힘들게 돈 주고 데려와서 '쌩지랄'을 떠느냐고 묻지 않을까. 그렇다. 생각해 보면 미성숙한 인간인 나는 많은 오류를 가지고 있다. 우주의 부름이나 신의 계시 같은 건 없다. '그냥 키우고 싶었으니까'가 최선의 답변이 될 것이다. 스스로도 석연찮다. 이왕이면, 운명적이었다면 더 좋았을걸. 그래도 우린 서로를 필요로 한다. 서로를 만나기 전부터 그랬다. 우린 모두 혼자 남을 운명이었으니까. 그러니까 우리가 잘 만난 것만큼은 사실이다.

오늘도 나는 별달해를 본다. 별달해는 쓰다듬으면 턱을 들고 눈을 지그시 감는다. 단 한 번의 위협도 받아본 적 없는 순수한 얼굴로 인간의 손길을 받아들인다. 또 가끔은 악몽이라도 꾼 듯 어두운 방에서 나와 야옹야옹하고 우는데 마치 뭔가를 열심히 일러바치는 것 같다. 그러면 나는 그녀를 안심시켜 주기 위해 털을 쓰다듬으며 몇 분간 함께 있는다. 그렇게 평화를 지킨다.

커 밍 아 웃
페 이 지

●

내가 조금 유명한 게이라고 해서 다른 모든 게이들의 '표준'일 리는 없다. 반대로 나는 게이들 중에서도 조금 특이한 부류에 속할는지도 모른다. 일례로 내가 다른 게이들에게서 느낀 또 다른 이질감은 '커밍아웃'을 바라보는 시각에 있다. 나는 언젠간(가능한 한 빠른 시일 내에) 나와 부딪칠 수밖에 없는 대부분의 주변인에게 커밍아웃을 하고 떳떳하게 살아가길 원했고 어쨌든 그렇게 해왔다. 어려운 일이었지만 한편으론 꼭 해야만 되는, 인생의 중요한 절차였다. 그런데 어떤 게이들은 그렇지 않다. 물론 게이들에겐 내가 나로서 살아가게 되는 순간을 향한 역설적인 두려움과 희망이 있기 마련이지만 그렇다고 해서 또 모든 게이가 커밍아웃에 막중한 책임을 느끼며 살아가는 것은 아니다. 그들은 자기 자신을 굳이 드러내지 않더라도 이미 충분히 만족하고 즐거워하는 삶을 산다.

군이 커밍아웃을 필수 절차로 받아들일 필요가 없을 수 있는 것이다.

　사실 생각해 보면, 나 역시 커밍아웃하기 전의 삶에서 어떤 진정한 즐거움, 행복 따위를 누려보지 못한 것은 아니다. 인생의 진한 고찰도 해보았고 진리에 가까운 깨달음의 순간도 있었다. 그러니 커밍아웃을 하지 않았다고 그 삶 자체를 가짜 인생이라 논하는 것은 억지일 것이다. 하지만 어린 시절부터 '난 반드시 커밍아웃을 해야 해!'라는 군은 마인드로 살아왔던 나로서는 그러지 않은 사람들이 조금은 찝찝한 마음으로 지내지 않을까 싶었다. 어떤 짐덩이를 짊어지고 있는데, 그게 마치 신체 일부인 양 되어버려서 그 불편함이 아주아주 작아진 거겠지. 그런데 또 따지고 보면 이성애자든 성소수자든 자기 영혼에 붙여놓은 짐덩이 몇 개쯤은 있지 않나. 그렇게 보면 만천하에 커밍아웃을 한 나 역시도 여전히 짐덩이들을 갖고 있다.

　커밍아웃 페이지는 〈채널 김철수〉에 마련해 놓은 작은 카테고리 중 하나다. 나는 이 카테고리를 바로 그런 사람들을 위해 만들었다. 이곳은, 어느 누구든 '나에 대해 말하는' 셀프 영상을 찍어 나에게 보내주면 채널에 대신 올려주는 공간이다. 지난날의 나처럼, 커밍아웃을 하고 싶은데 어떤 적절한 명분이 없을 때, 그 작은 계기를 만들어줄 수 있겠다 싶었다. 또한 군이 나와 비슷한 사고

방식이 아니더라도 제 몸에 달라붙어 있는 몇 개의 짐덩이를 내려놓고 싶다면 언제든 시도해 볼 만한 열려 있는 공간을 만들고 싶었다.

성소수자에게만 한정된 듯한 정형화된 커밍아웃의 의미를 넘어, 이성애자든 성소수자든 누구나 '커밍아웃'하고 싶을 수 있고 그 필요성을 느낄 때 주저하지 않고 찾아올 수 있는 곳 말이다. 특히 이성애자까지 포함한 커밍아웃은 중요하다. 우리는 모두 보편적인 감성을 지닌 보통 사람이기에 말하지 않으면 알지 못하는 것들이 있다. 그냥 툭 털어놓는 것. 커밍아웃이란 그런 거다.

물론 커밍아웃은 이를 행하는 당사자와 그를 받아들이는 사람, 또 그를 지켜보는 사람 모두 대비가 되어 있지 않은 경우가 많다. 당사자의 경우 어떻게 준비를 해야 하는지, 그 적절한 타이밍을 만들어내는 일 자체가 쉽지 않기도 하다. 알고 보면 아무것도 아니라는 걸 알기에 오히려 더욱 애매해진다. 또, 그렇기 때문에 상대가 어떻게 반응할지 두려운 마음도 든다. 나는 그런 사람들에게 한번 진지하게 커밍아웃 해보라고, 실은 너한테 굉장히 중요한 일이 아니냐고, 제대로 멍석을 깔아주고 싶었다. 커밍아웃을 받아주고 이해해 주는 분위기가 조성된 곳에서 쉽고 편안하게 시도해 보라고. 그리고 그걸 계기로 한 발 더 앞으로 나아가 보라고. 그렇다. 어찌 보면 커밍아웃이란, 멍석이 필요한 일이다.

커밍아웃 페이지를 연 지 벌써 2년이 넘었다. 그동안 스물한 명의 보통 사람들이 커밍아웃 페이지에 참여했다. 그중 절반 이상은 해외 시청자들인데, 스웨덴, 필리핀, 대만, 미국, 브라질 등의 시청자들이 참여 영상을 보내왔다. 그런데 해외 참여자들과 국내 참여자들의 영상은 약간의 차이가 있다. 국내 참여자들은 좀 더 정숙한 분위기에서 조심조심 얘기하는 분위기라면 해외 참여자들은 노련미가 있다. 말을 할 때의 제스처나 표정에 서양 문화권 특유의 자유분방함이 깃들어 있기 때문이기도 하겠지만 결정적으로 커밍아웃을 망설이거나 두려워하는 사람들에게 조금 더 적극적으로 응원의 메시지를 던지는 듯하다. 그들의 핵심은 '너 자신을 사랑하라'는 말이다. 물론 해외라고 해서 커밍아웃을 섣불리 권장하는 모양새는 아니다. 단지 우리나라 같은 경우엔 아직 커밍아웃에 대한 생각 자체가 무겁고 힘든 일처럼 받아들여져서인지 '개인의 일'로만 바라보게 되는 느낌이라면, 해외 참여자들은 보다 더 직접적으로 소통하는 느낌이 든다.

어느 쪽이든 보는 이로 하여금 긍정적인 마음을 갖게 하고 묘한 설득을 일으키기도 한다는 점은 같다. 다만 그들의 스스럼없는 모습들을 보며 어렴풋이 '해외 마인드'가 부럽게 느껴지기도 했다. 단지 나의 단편적인 생각일 뿐이지만, 아직 커밍아웃을 하지 않았거나 아예 다른 세계의 일인 양 관심조차 두려 하지 않는 우리나라 성소수자들도 조금만 더 커밍아웃에 대해 적극적일 필요가 있겠다 싶었다. 정말 엄청난 일은 아니니까. 만약 하고 나면, 이보다 더 편할 수 없을 테니까. 그게 아니더라도, 나 자신을 위해 정말 진지하게 생각해 보았으면 좋겠다. 물론 커밍아웃을 하든 안하든 내가 어떤 가치관을 가지고 살아가느냐에 따라 그것이 아무런 기준도 되지 못할 수도 있을 것이다. 게다가 커밍아웃에는 분명 '위험'이 따른다. 우린 그런 현실 속에서 살고 있다. 나는 단지, 그럼에도 불구하고 당신이, 자신을 속이지 말기를 바란다. 세상이 당신을 속일지라도 말이다. 우린 모두, 보편적인 감성을 지닌 보통 사람이기에.

정작 커밍아웃 페이지를 만든 나는, 아직 커밍아웃 페이지 영상에 참여하지 못했다. 내가 커밍아웃 페이지를 찍는다면 사람들에게 이렇게 말하고 싶다. 지금으로부터 10년 전쯤 내 일기장에 써놓은, 내가 나 자신에게 한 말이기도 하다.

"너 자신을 믿어. 하지만 너 자신을 믿게 됐을 때 시작하려고 하지 마. 그냥 지금 당장 출발해. 그다음, 부딪칠 때마다 너 자신을 믿어."

성소수자
뉴스

●

〈채널 김철수〉에는 '성소수자 뉴스'라는 콘텐츠가 있다. 내가 게으르기도 하고 한국 사회 정서상 출연할 수 있는 성소수자가 그리 많지 않아 자주 업로드하지는 않지만, 어쨌든 내가 좋아하는 콘텐츠 중 하나다.

그런데 최근에 이런 말을 들었다. '성소수자 뉴스'라는 제목을 보면 오히려 공감이나 화합보단 선을 긋는 듯한 느낌이 든다고. 이 말을 한 사람은 애초에 성소수자에 대한 편견이 없던 이로, 성소수자들의 면밀한 세계관은 잘 알지 못해도 이성애자나 성소수자나 똑같이 보편타당한 감성을 공유하고 있음을 잘 이해하고 있었다. 그런 그는 제목에 성소수자라는 걸 굳이 강조해야 했나, 제목을 보자마자 그들만의 리그 같은 느낌이 들어 놀랐다는 말을 했다.

그 얘기를 듣자마자 좋은 지적이란 생각에 고마웠다. 성소수자 뉴스라는 타이틀을 보고 한 번도 그렇게 생각해본 적이 없었기 때문이다. 그런데 듣고 보니 그럴 수도 있겠다 싶었다. 그때 나름 대로 고민을 거쳐 답변했던 내용을 짧게나마 써보려 한다.

첫째, 나는 이 콘텐츠가 엄청난 조회수를 보장하는 콘텐츠가 되긴 힘들다고 생각했다. 그렇다면 정면으로 빡! 들이대는 제목이 오히려 인상 깊을 수 있겠다고 판단했다. 그냥 그뿐이다.

둘째, 말 그대로 이 영상에서만큼은 성소수자가 주인공이라는, 다소 우습고 유치하지만 진정성 넘치는 상징적 의미를 부여하고 싶었다. 영상에서도 내가 마이크를 직접 들고 성소수자 당사자 앞으로 가져다 대주며 인터뷰를 한다. 늘 소외되어 있고 주목받지 못하는 한국 사회의 성소수자들에게 전적으로 관심을 갖는 콘셉트를 부여하고자 했다.

그리고 셋째, 사실 성소수자는 말하지 않으면 자동으로 이성애자로 치환된다. 우리를 우리 자체로 보는 사람은 없다. 말하지 않으면 우린 이성애자로 살고 있는 것이나 마찬가지다. 모든 것들이 그렇다. 말하지 않으면 모르는 것들 투성이다. 그런 관점에서, 성소수자 뉴스라고 콕 집어 말하는 게 이성애자와 성소수자 간의 선 긋기로 보이는 건 어쩌면 사고의 흐름 자체가 '이성애자'가 디폴트값이기 때문일 수도 있겠다.

그러니 '성소수자 뉴스'라는 제목은, 당연히 이성애자라고 생각했던(또는 '일반적인 무엇'이라고 여겼던) 존재들의 제대로 된 표기라고 보면 될 듯하다. 이성애자만 일반적인 건 아니니까. 성소수자 역시 일반적인 것들 중 하나인 거니까. 또 우린 오해받지 않고 있는 그대로의 자신으로서 설명될 필요가 있다.

남들이 뭐라 생각하든 상관없을 수도 있지만 그래도 어느 날 어느 순간만큼은 오직 자기 자신으로 보이고 싶은 때가 있다. 나도 종종 이 부분에 갈증을 느껴왔다. 매번 매 순간 이성애자로 강제 변신해 살아가는 성소수자라면 더더욱 그렇다. 만약 '성소수자 뉴스'가 아니었다면 사람들은 다 '이성애자 뉴스'라고 생각하지 않겠는가? 그게 디폴트값이니까. 그러니까 제목이 '성소수자 뉴스'인 유튜브 콘텐츠도 하나쯤은 필요하다. 그렇고말고.

영상 천재
김 철 수

●

사람들은 종종 내게 영상을 배워본 적 있냐는 질문을 한다. 나는 이때 "영상을 배운 적이 없다."라고 대답하는 걸 좋아한다. 괜히 그런 게 있다. 배우지도 않았는데, 어쩜 그렇게 영상을 잘 찍느냔 말을 듣고 싶은 거 말이다.

"철수 님 영상은 정말 뭔가가 있어요.", "한 편의 독립영화 같은. 그런 철수 님만의 감성이 너무 좋아요. 정식으로 단편영화 같은 거 만들어보실 생각은 없으신가요? 무조건 볼 거예요."

이런 얘길 들으면 짜릿하다. 나도 모르게 웃고 있다. 하지만 난 정말이지 영상을 배워본 적이 없고 내가 하는 일이 객관적으로 얼마나 프로페셔널한지도 가늠할 수 없다. 사람들의 평가로만 보면 나는 분명 데뷔를 며칠 앞둔 천재 영화감독인데 말이다. 스스로를 향해 얼마큼의 확신을 가져야 할까. 사람들이 날 더러 '영상 천재'

라고 해줄 때마다 기분은 으쓱하지만 그게 어디까지 맞는 말인지 진지하게 고심할 때도 있다. 어찌 됐든 유튜브 활동은, 나의 생사를 책임지고 있으니 말이다. 내 재능이 사람들에게 얼마나 상품성 있게 다가가는지, 객관적으로 얼마나 타당한지 알고 싶었다.

찾아보면 나와 비슷한 반열에 올라 있는 크리에이터들은 많다. 요즘은 누구나 자기만의 재능을 보여줄 수 있고 유튜브, 인스타그램, 페이스북, 틱톡 등 그 무대도 많이 마련되어 있다. 그 많은 크리에이터들 속에서 나는 어디에 있을까. 딱 중간 레벨 그 어디쯤에 걸쳐진 흔한 크리에이터들 중 한 명일까.

솔직히 알고 있다. 난 그냥, 유튜브 안에서 조금 힘을 내고 있는, 어쩌다 발견된 소행성일 뿐이다. 빛나고 있지만 희미하게, 꺼져가고 있는 존재. 어떻게 보면 유튜브는 나란 사람을 구제해준 유일한 길이자 한계다. 영상 천재 김철수란 말을 듣는 것이 기쁘지만, 그 말을 믿지 못하는 데에는 바로 이런 내 자격지심도 한몫해서라는 추측이 든다.

무엇보다 중요한 건 내 속에서 어떤 뚜렷한 확신이 없다는 것이다. '모호함' 그 자체다. 이럴 때 보통 사람들은 어떤 일로 돈을 벌면 그 일에 관해서는 자신감을 가져도 된다고들 한다. 하지만 그게 최우선의 기준이 되어선 안 될 것 같다. 가끔가다 유튜브 피드창에 뜨는, 한껏 있어 보이는 척하는 삼류 래퍼 찌질이 같은 걸

멋을 부릴지도 모를 것 같아서다. 그럼 도대체 뭘 기준으로 삼아야 하지? 내가 잘하고 있다는 걸 어떻게 증명해야 되지? 내가 너무 한국사회의 풍토에 길들여져 있는 건가?

처음엔 이랬다. 어느 날부턴가 사람들의 과도한 칭찬이, 본래의 나를 넘어 또 다른 가상의 나를 형성하는 듯했다. 그 느낌을 상쇄하기 위해 나는 반사적으로 겸손하게 굴었다. 그런데 이게 반복되자 내가 어디에 있는 사람인지 의문이 들었다. 단순히 '유튜버'라는 수식어만으로는 모자란 것 같아 마음이 걸렸다. 예를 들면 '프로'이거나 좀 더 명확한 무엇이고 싶었다. 너무 많은 것들을 신경 쓰고 있는 걸까? 예전의 내가 어땠었는지 허름한 미아동 옥탑방에서 고양이 둘과 살았을 때의 모습을 더듬어보기도 했다.

그러다 내가 계속 나의 바깥에서 답을 구하고 있었다는 걸 깨달았다. 다른 사람들의 목소리와 시선에 내 진정성, 정체성 따위를 담보로 두기라도 한 듯 말이다. 어느 때부턴가 '유튜버 김철수'는 사람들의 말에 반응하는 사람이 되고 있었다. 막다른 길에 들어선 것 같았다. 이걸 어떻게 타파해야 할까.

사람들의 과한 칭찬과 나 스스로를 믿지 못하는 이 간극을 좁히기 위해, 나는 앞으로 내 시선을 믿어볼까 싶다. 내가 멋있고 예쁘다고 생각하는 것을 믿기로. 나를 조금 더 확실하게 믿고, 온전히 아름다워하기로. 어떤 눈치도 보지 않고 내가 좋아하는 걸 더 제대로 좋아하기로. 이러한 내 시선이 유튜브 바깥으로 넘어가 조금 더 멀리 퍼져나간다면, 그때 내가 프로인지 아닌지 제대로 평가해보는 걸로.

언제 어디서든 자기 자신을 믿는 일이 최우선이라는 생각이 든다. 내가 원했던 바를 이뤄가고 있는 삶을 살면서도 이 모호한 기분을 떨치지 못했던 이유 중 하나는, 있는 그대로의 내 가치를 믿지 못했기 때문이다. 나를 둘러싼 외부는 내가 나를 믿지 못하게 끊임없이 나를 흔든다. 나는 계속 나를 놓쳤다가 찾았다가 한다.

영희

●

유튜브 〈채널 김철수〉가 뜨기 시작한 건, 장호와 내가 사귄다고 발표했던 유튜브 영상이 갑자기 백만 조회수를 기록하면서부터다. 팬티며 낡은 메리야스 등이 후줄근하게 걸쳐져 있던 빨래건조대를 배경으로, 둘 다 아빠 다리를 한 채 노란 장판 위에 앉아 삼각대 위의 카메라를 바라보며 '우리 서로 사귄다'라는 말을 하던 그 영상은 업로드한 뒤 며칠이 지나자 말 그대로 조회수가 폭발하기 시작했다.

이 예상치 못한 일에, 장호는 양손으로 머리를 싸매고 벌벌 떨었지만(이 정도로 거대한 관심을 받을 줄은 상상도 하지 못했던 것이다.) 나는 유튜브 관리자 앱에 들어가 1초마다 업로드되는 댓글을 확인하며 환희를 맛봤다. 시간이 흐르며 그 속도는 조금씩 늦춰졌지만 휴대폰 화면을 위에서 아래로 죽 당겨 페이지를 새로고침 할 때마다 댓글들이 훅훅 업데이트되는 일은 며칠간 계속 이어졌다.

이 어마어마한 관심을 조금은 의식한 채로, 우리는 실시간 라이브 방송을 켰고 우리 방송을 보기 위해 들어온 접속자 수는 천명을 넘겼다. 우린 그들의 관심을 무엇으로 채워줄 수 있는지 몰랐다. 하지만 사람들은 아무런 준비도 안 된 우리의 멋쩍은 모습을 더 즐기는 듯했다. 화면 속 어색한 표정의 두 남자의 얼굴 위로 후원금을 탕탕 쏘았는데 그 금액은 천 원부터 이삼십 만 원까지, 우리로서는 납득하기 힘든 액수들이었다.

그날 이후 〈채널 김철수〉에 올리는 모든 영상의 평균 조회수가 두 배, 세 배로 껑충 뛰었고 열 배를 뛰어넘는 조회수를 기록하는 일도 잦았다. 탄력을 받은 우린 정기적으로 라이브 방송을 켜기 시작했다. 또 그들도 정기적으로 우리 방송을 찾아왔다. 시간이 흐르며 천 명을 넘기던 접속자 수는 꾸준히 감소해 평균 오백명 선으로 유지되었지만 우린 여전히 기뻤고 또 여전히 발전하고 있었다.

기억하게 된 닉네임도 늘어났다. 장호는 한술 더 떠, 누가 무슨 직업을 가졌고 성별은 무엇인지 나이는 어떻게 되는지 그리고 지난번엔 어떤 채팅을 했는지까지 종종 추측해보곤 했다. 하루는 이런 얘기를 생방송 중에 했더니 "하찮은 저희를 기억해줘서 고맙다, 영광이다."라며 더 많은 질문을 역으로 해왔다. "저는 무슨 일할 것 같나요?", "저는 남자일 것 같나요 여자일 것 같나요?" 우리는 이런 상황에 조금씩 물들었고 아무나 경험해보지 못할, 인생의 몇 가지 특별한 축복을 경험했다.

유튜브를 통해 경험한 일 중 가장 놀라운 것을 딱 한 가지만 뽑으라면 나는 단연 이 경험을 들 것이다. 얼굴도 알지 못하는 사람들에게, 평생 살면서 단 한 번도 만나보지 못할 사람들에게, 정말 많은 사랑을 받았다는 것.

저 멀리 해외에 살고 있는 시청자들에게서 옷이며 신발이며 먹을 것까지 받아보았고 국내 시청자들은 순금으로 코팅된 우리의 얼굴을 본뜬 피규어부터 게임기, 전자레인지, 청소기, 김치, 이부자리 등등 셀 수 없이 많은 선물을 보내주었다. (처음 빨래건조대 앞에서 사귄다고 발표했던 영상 속 남루함이 꽤나 강렬했던 듯하다.) 처음에는 주소를 공개했었지만 선물을 계속 받는 것이 죄송해서 삭제한 이후부터는 연신내역 물품보관함에 선물들을 두고 가신다. "연신내역 물품보관함 00번에 선물 두고 가니 나중에 찾아가세요."라는 식이다.

선물을 들고 집으로 들어가는 길이 나는 아직도 적응이 안 된다. 이게 맞는 건가 싶기도 하다. 선물들을 뜯어보면 진심을 꾹꾹 눌러 담은 편지도 있다. 나는 이걸 정말 소중히 여기고 싶다. 잘 간

직해 두었다가 언젠가 다시 돌려줄 날을 기다리는 중이다.

그리고 우리가 만약 그 많은 관심과 애정에 보답할 수 있게 된다면 그건 다 당신들 덕이에요.

(안)비슷한
애인과
함께 산다는 것

●

나에게는 나보다 두 살 어린, 종종 내 마음속 어둠을 싹 몰아내주는 환풍기 같은 남자 친구가 있다. 하얀 피부에 청량한 웃음소리를 지닌 그의 이름은 손장호다. 우린 많은 게 비슷하다. 키도 비슷, 몸무게도 비슷, 목소리도 비슷. 특히 목소리는 점점 더 닮아가는 것 같다. 언젠가 내게 걸려온 전화를 장호가 대신 받고 상대방이 눈치를 채는지 실험했던 적이 있는데 상대방은 진실을 알려주기 전까지 전혀 알아채지 못했다. 심지어 그는 날더러 장호라며 우기기까지 했다.

우린 술도 안 마시고 담배도 안 피우고 욕도 안 한다. 그래서 우린 5년간 사귀면서 단 한 번도 술집 데이트를 해본 적이 없다. 클럽도 마찬가지다. 대신 서울권의 유명 공원으로 나들이를 가거나 대형마트 장보기, 사우나 데이트 따위를 즐긴다. 가끔은 서울시 공공 자전거 '따릉이'를 타고 이곳저곳 정처 없이 돌아다니기도 한다. 또 우린 둘 다 개명을 했다. 장호는 병수에서 장호로, 나는 슬기에서 철수로. 난 가끔 장호의 옛 이름이 사라진 걸 아쉬워한다. 병수였다면 지금 내 이름과 더 잘 어울렸을 것이기 때문이다. 철수, 병수, 너무 예쁘지 않나. 이름이 너무 약해서 좀 더 강한 느낌으로 개명을 한 것이라는데 이번엔 세도 너무 센 것 같다. '장수 장'에 '호걸 호'라니. 그리고 우린 해병대를 나왔다. 지원 동기도 비슷하다. 뭔가 제대로 된 훈련을 받고 좀 더 강인한 정신력을 기르고 싶었달까? 하지만 그곳을 제대한 뒤의 평가는 갈린다. 안좋은 쪽이 나다. 또 둘 다 편부모 가정인 것도 서로에 대해 동질감을 들게 만드는 작은 요소 중 하나다. 그리고 마지막으로 하나 더, 우린 둘 다 남자다.

사람들은 나에게 묻는다. 처음에 장호의 어떤 점에 끌렸냐고. 나는 대답한다. 장호는 저랑 비슷해요. 그래서인지 내가 볼 수 없던 장호의 모습마저 눈에 훤하다. 내가 그를 만나기 전, 예를 들어 군대생활은 어땠고 학교생활은 어땠으며 그보다 더 어린 나이였을 땐 어떤 모습이었을지 왠지 머릿속에 다 그려진다. 그리고 이건 암묵적으로 우리의 유대감을 더욱 증진해 주는 좋은 활력소가된다.

그런데 문제는 이다음부터다. 이렇게 나와 비슷한 장호가 한 집에서 함께 살기 시작했을 때(물론 동거 그 자체에 대한 막연한 두려움은 있었지만) 적어도 장호와 부딪치는 일은 없을 거라 생각했다. 아니, 부딪친다 하더라도 바로 해결 가능한 사소한 문제겠거니 했으며 나와 다른 점이 보여도, 그게 좀 거슬린다고 해도, 그보단 같이 사는 삶에서 오는 행복을 누리는 게 더 중요하다고 믿었다. 그런데 아니었다. 생각보다 나와 다른 점들이 자주 눈에 띄었다. 그리고 그건 분명 사소한 것이면서도 사소하지 않았다. 뭐랄까… 날이 갈수록 거대해져만 가는 괴물이 한 마리 있는데 그 괴물 이름이 '사소함' 같은 거랄까.

어느 날부터 장호의 헤어드라이어 소음이 크게 들리기 시작했다. 그가 지루성 두피염이라 머리를 바짝 말려야 하는 걸 알고 있었고 걱정도 했었다. 하지만 갑자기 두피염이고 나발이고 잠을 잘 때도 영상편집을 할 때도 글을 쓸 때도 헤어드라이어 소음이 내 정신을 뒤집어 놓았다. 장호는 일부러 내가 무슨 일에 집중하고 있을 때만 머리를 감는 것 같았다. (물론 말도 안 되는 소리다.) 고작 하루 3~4분 정도인 장호의 헤어드라이어 소음은 내 잠잠한 일상을 침해하는 주기적 불청객이 되어버렸고 나는 장호가 머리를 다 말릴 때까지 넋 놓고 기다리고 있어야 했다. 영원히 끝날 것 같지 않아 숨이 턱까지 차오를 때야 비로소 헤어드라이어 코드가 뽑히는 소리가 들렸다. "장호야, 화장실 문 좀 닫고 말려.", "장호야, 헤어드라이어 1단계로 좀 낮춰서 해." 짜증 가득한 음색으로 쏘아붙일 때마다 장호는 조용히 문을 닫고 헤어드라이어를 1단으로 내렸다. 흠, 아마 눈치챘을지도 모르겠다. 그렇다. 나 좀 예민한 것 같다. 정말로 무언가 잘못된 것은 없었다. 실질적으로 장호의 헤어드라이어가 내 수면을 망치거나 비즈니스 활동을 방해한 건 아니고 단지 나와 다른 생활방식을 지닌, 나와 다른 기질을 타고난 존재의 등장이 내 일상에 마찰을 빚기 시작했을 뿐이었다. 그리고 그건 '어느 날부터는' 반드시 거쳐야 할 당연한 절차였다. 장호는 한동안 우리 집에서 걸어서 5분 거리에 있는 작업실로 가 머리를 감았고 나는 그가 다시 우리 집에서 머리를 감기 시작했을 때까지 그 사실을 알지 못했다. 참으로 오래간만에 집에서 헤어드라이어 소리가 들렸다는 걸 인지했을 때 비로소 장호가 그래왔음을 알아차렸다.

그 후로 나는 장호가 헤어드라이어를 쓰는 동안 문이 열려 있으면 오히려 아무렇지 않다는 걸 어필하기 위해 노래를 흥얼거린다든가 괜히 별것 아닌 소재로 말을 걸어보기도 한다. 장호가 헤어드라이어로 머리를 말리는 건 내 일상의 자연스러운 부분 중 하나임을 알았기 때문이다. 게다가 원래 샴푸하고 난 뒤의 머리는 신속하게 제대로 말려야 하는 것이 원칙이고 장호는 지루성 두피

염까지 있으니 고작 몇 분 가지고 예민을 떨 필요는 없다. 나는 입이 열 개라도 할 말이 없다. 그리고 이젠 나도 헤어드라이어를 쓴다. 앞으로 몇 번 더 남았을까. 오늘도 나는 사소함을 키운다.

우 리 에 게
내 일 은
없 다

•

나는 장호를 '대명절 외톨이회'에서 만났다. 〈채널 김철수〉의 구
독자가 600명이었던 시절이었다. 지금으로부터 5년 전 추석 당
일, 명절에 갈 곳 없는 게이들끼리 모여 비빔밥을 먹는 모임에 그
가 나왔다. 참석한 일곱 명 중 유일하게 한 시간 반이나 늦게 도착
한 그는 "여기 다들 철수 님 보고 싶어서 나온 거 아닌가요?"라는
말을 내뱉으며 협소한 은박 돗자리에 합류했다. 하얀 피부, 저음
의 목소리, 비율 좋은 슬림한 몸매, 씩씩한 표정이었지만 목소리가
덜덜 떨리는 게 고스란히 느껴지던 그는 횡설수설 자기소개를 이
어가다 다시 한번 내 눈을 정면으로 보며 "철수 님, 보고 싶었습니
다."라고 속삭였다. 그러곤 꺄르르 터뜨리는 청량한 웃음소리. 그
는 매우 들떠 있었다. 그의 심장박동의 파장이 허공에서 만져질
정도였다. 스물여섯 살, 처음으로 자신과 같은 또 다른 게이들을

실물로 접한 그였다. 그전까지 어디서 뭘 하고 있던 걸까. 숨은 보석이, 내 이상형이, 대명절 외톨이회를 개최한 지 한 시간 반 만에 '짠'하고 나타난 순간이었다. 나를 보고 싶었다는 말과 함께. 그날 이후 우리 일곱 명은 〈채널 김철수〉 첫 번째 모임에 나온 사람들이라는 각별함으로 인해 꽤나 자주 모였고 장호와 나는 그 안에서 남몰래 더욱 가까워져만 갔다.

장호와 나의 호황기를 되짚어볼 때면 가장 먼저 떠오르는 순간이 있다. 고양이들 발자국이 찍힌 빛바랜 벽지, 큼지막한 창문, 좁다란 방 두 개까지. 나의 옛 미아동 옥탑방에서의 일이다. 햇살에 부딪쳐 산란한 빛들이 3평 남짓 좁은 방 안을 주황색으로 물들이고 있었다. 오후 두 시쯤이었나. 아님 네 시? 유튜브를 통해 만나게 된 특별한 인연이라고 설명하기엔 조금은 더 깊은 사이이길 원했던 우리가 거기에 있었다. 처음에 어떻게 시작됐는지 도무지 기억나지 않지만, 내가 부엌에서 방 안으로 들어왔을 때, 장호는 그 주황색 방에 엎드려 휴대폰 게임을 하고 있었다. 고마웠다. 내가 나란히 몸 붙이고 누워, 뭐 하는지 지켜볼 수 있도록 일부러 그렇게 자기 몸을 세팅해 놓은 것 같았기 때문이다.

나는 휴대폰 게임을 하는 장호의 옆얼굴을 힐끗거리며 보다가 목을 보고 귀를 보았다. 그리고 내가 그렇게 보고 있는 것을 장호가 다시 보는 걸 보았다. 그렇게 우리의 시선이 엮이고 있었다. 말은 안 하고 있었지만 이미 우린 서로를 좋아하고 있음을 알았다. 나는 피곤한 척 머리로 장호 턱 쪽을 가볍게 부딪혀보기도 하고 자세를 고치는 척 팔뚝을 쓱 쓰다듬기도 했다. 키스하는 상상을 오백만 번은 하는 중이었지만 용기가 없었다. 분명 서로 좋아하는 걸 알았지만, 혹시나 그게 아닐까 봐 두려웠다. (이 고즈넉한 시간에, 그 좁은 방에서, 게이 단둘이, 할 것도 없이 누워서, 그게 아니면 뭔데?)

어느 순간 장호가 휴대폰을 바닥에 내려놓고는 누웠다. 무방비 상태로 활짝. 내가 뭘 어떻게 할 줄 알고. 어떡하지. 휴대폰이 지금 우리의 유일한 자연스러움이었는데, 그걸 버려? 이제 같이 천장 보고 눕는 게 가장 자연스러운 연결이 되려나. 곧 장호를 따라 몸을 뒤집어 나란히 누웠다. 이후의 애매한 상황을 묘사하기란 책이란 걸 써본 적 없는 나로선 벅찬 일이다. 나는 장호를 안고 싶어서 팔을 들었다 내렸다 하는가 하면 맞닿아 있는 팔과 어깨에 잔뜩 힘을 준 채 나도 모르게 벽 쪽으로 자꾸 장호를 밀어붙이기도 했다.

"안아."

'안 안고 뭐 해?'를 두 글자로 줄인 것처럼 그가 말했다. 그때 알았다. 장호는 목마르다는 걸. 당황한 나는 이미 슬그머니 장호 옆구리에 팔을 비집고 넣으면서, 어떻게 안을 수가 있느냐고 괜한 주책을 떨었다. 쿵쿵거리는 내 심장의 진동을 장호가 알아챌까 봐 겁이 났지만 그 울림을 온전히 드러내고 싶은 마음이었다. 반면 장호는 지금 자기 몸에서 얼마나 큰 소리가 울려 퍼지는지 따위는 상관없는지, 지난 26년간의 한풀이라도 하듯 온 힘을 다해 날 껴안았다. 따뜻했다. 좋아하는 사람과의 첫 포옹이라니. 똑, 딱, 똑… 시계 초침이 급속도로 느려지더니 주변 소음마저 사라져 버렸다. 살다 보면 '영원'에 도달하는 경우가 있는데 그날 내가 그랬다. 우린 서툰 몸동작만큼이나 과감하게 가장 뜨거운 곳을 찾아 입을 맞췄다.

우리가 다시 주황색 방으로 갈 수 있을까. 그날 이후 우리는 서로의 난황을 아낌없이 갉아 먹으며 그 빈자리를 앞날의 약속으로 메워나갔다. "우리 절대 헤어지지 말자, 넌 내 인생의 동반자야, 평생 함께하자." 이런 이야기는 특히 내 입에서 자주 나왔다. 나같이 독단적이고 한 치 앞도 모르는 삶을 살아가고 있던 사람에게 이토록 빛나는 선물이라니. 우리의 만남은 또 얼마나 특별한가. 평생을 함께할 결심을 하게 만들 만큼 그는 내 삶에 깊이 녹아들었고 그만큼 그는 완벽한 사람이었다. 내가 어떻게 이런 보물을 만났지? 나는 갈수록 그를 내 삶의 진정한 파트너로 신념화해 갔다. 우리 절대 헤어지지 말자, 우리 진짜 잘 살아보자.

물론 시간이 조금 더 흐른 뒤에는, 격렬하게 싸운 뒤 화해와 반성의 의미로 건네는 말이기도 했다. 그와 난 남자 대 남자인 만큼 한번 싸우면 치열하게 싸웠고 언젠가 한번은, 주먹다짐을 한 적도 있었다. 뭐 때문에 그토록 심각했는지 며칠만 지나도 새까맣게 잊기도 했지만 어쨌든 그럴 때면 헤어지자 고함을 치며 서로에게 온갖 저주를 퍼붓곤 했다. 하지만 아무리 심하게 싸워도, 오히려 그것을 계기로 우리 관계는 더 끈끈해지리라 믿었다. 아무리 심하게 싸워도, 그는 나와 평생 함께할 파트너였으므로 헤어질 일은 없을 거라 여겼다.

그러다 결국 그와 헤어졌다. 그러곤 다시 만났다. 말하자면, 헤어질 뻔했다. 더러 그랬던 적은 있지만 '진짜' 헤어졌다는 감정을 느낀 건 이번이 처음이었다. 짐을 싸고 헤어지자 소리치지만 정작 몸은 이불 속으로 들어갔던 때와는 달랐다. 그 덕분에 절대 헤어지지 않겠다는, 굳건했던 원대함이 산산이 조각났다. 나는 먼저 이 책의 출판 제안을 해주셨던 편집자님에게 전화를 걸어 그와 헤어지게 되었고 지금까지 썼던 내용, 앞으로 쓸 내용을 버리거나 수정해야 하며 시간이 더 필요하다는 걸 알렸다. 그다음, 유튜브에서 광고하기로 했던 브랜드의 담당자님에게도 전화를 걸어 그와 헤어져 광고를 못 하게 될 것 같다고 털어놨다. 정말 모든 게 끝이라고 생각했고 완전히 그를 놓아줄 마음의 준비가 되어 있었다. 그리고 약 48시간 뒤, 그와 나는 헤어짐을 철회했다. 우습고 유치하지만 우린 똑같은 소리를 반복하며, 헤어지지 않는 게 좋겠다며 서로를 얼싸안았다.

어쩌다 이렇게 된 걸까. 애초에 싸우질 말았어야 했는데. 처음 싸우기 시작한 이래로 우리 관계는 조금씩 엉망이 되어갔던 걸까. 남김없이 갉아먹어 껍데기만 남은 난황 속에 앞날의 환상만을 가득 심어놓았던 걸까.

48시간 동안의 '진짜 헤어짐'은 지난 5년간 쌓아온 그와 나 사이의 숭고함을 와르르 무너뜨렸다. 그를 향한 믿음, 평생 죽는 날까지 함께하리라 다짐했던 절대적 신념은 지금도 돌아오지 않고 있다. 그는 더 이상 내 삶의 끝을 함께할 사람이 아니며 내게 그렇게 특별한 사람도 아니다. 그는 휴먼이다. 사귀다가, 헤어질 수도 있는 그런 사람.

어느 날 집에 들어가는 길에 동네 할머니가 마당에서 비질하는 모습을 보았다. 그녀는 장호와 내가 현재 집으로 이사 오기 전 근처 집들을 알아보던 중에 만난 또 다른 집 주인이었다. 그녀가 안내해 준 방은 가격에 맞지 않게 너무 비좁고 열악했기 때문에 우린 금방 그 집을 나왔다. "창문 열면 숲도 보이고 공기도 좋고 얼마나 좋은데요."라고 말하는 할머니의 입술과 두 볼이 욕심으로 가득 찬 것만 같았다. 우린 그 할머니 집으로부터 사선으로 맞은 편인 곳으로 이사를 왔고 종종 그녀가 마당에 나와 비질하는 모습을 본다. 그런데 그날은 그녀의 비질 풍경이 왠지 처량맞아 보였다. 실제 그녀와는 아무 상관 없는 단상이지만, 어쨌든 그랬다. 혼자 사는 사람에게 유통기한이 있다면 그녀는 진작에 그 기한을 넘긴 듯했다. 문득 이런 생각이 들었다. 내 것이라 부를 수 있는 물건들을 아무리 많이 소유한다고 한들 그게 다 무슨 소용일까. 내가 늙어서 죽는 날이 되면, 결국 나와 함께 시간을 보낸 살아 있는 것들과의 추억을 소중히 여기게 될 것 같다. 내가 죽은 뒤에도 가져가고 싶은 건 오직 그들에 대한 기억이 아닐까. 그리고 그걸 내 삶이라 얘기할 수 있지 않을까. 혼자 사는 삶이든 함께 사는 삶이든 어느 쪽이든 유통기한이 존재한다면 나는 함께 사는 삶을 택하겠다. 그리고 그 사람과 많은 추억을 쌓겠다.

　　　　　　　　　．

　내 철옹성 같았던 신념은 잘 무너졌다는 생각이다. 앞날에 대한 약속들이 뭐 얼마나 중요할까. 인생의 동반자라고 반드시 영원할 필요는 없다. 헤어질 때 헤어지더라도 그 전까지 후회 없이 만나는 게 다가오지 않은 미래를 칭송하는 것보다 옳다는 걸 알았다. 우리가 처음 만나 생성됐던 벅찬 감정들은 사라졌지만 그 자리엔 새로운 형태의 고결함이 싹을 틔웠다. 가장 이상적인 관계를, 지금 우린 누리고 있다. 우리에게 내일은 없다.

강을 지나
달의 표면을 건너
바다로

•

인간이 살면서 고귀해질 수 있는 두 가지 길이 있다. 첫째는 인간이 아닌 다른 생명을 돌보는 것, 둘째는 나 아닌 다른 인간과 함께하는 삶을 사는 것. 이 두 가지 길이 고귀한 이유는, 그건 사실 불가능하기 때문이고 이게 불가능하다는 걸 아는 이유는, 내가 바로이 두 가지 삶을 모두 살고 있기 때문이다. 따라서 내 인생은 고귀하다. 이 불가능한 삶을 정면으로 떠안고도 즐거워하고 있으니까.

이 불가능한 것들의 공통점은, 처음엔 가능할 거라 착각한다는 점이다. 말하자면 그건 마치 내 모든 것처럼 느껴진다. 그래서 굳이 어떤 추가적인 노력을 할 필요도 없이, 그저 자연스럽게 내몸이 움직이도록 마음을 따르기만 하면 된다고 믿게 된다. 또 그게 영원할 거라 믿거나 적어도 영원에 근접할 거라 믿는다. 하지만 그것은 곧 내 모든 것에서 반이 되어 있고 또 그 반에서 반이 되어가다가 어느 순간 극히 일부분으로만 남게 된다. 종국에 가서는 그조차 내 안에서 모두 빠져나가고 만다. 이제 그것은 나와 완전히 분리된, 또 다른 생명체로 재탄생하여 내 공간을 새롭게 침범한다. 노력, 희생, 책임감 따위의 제법 숭고하게 들리는 단어들은 일제히 이 시기에 출몰한다. 그리고 얼마 지나지 않아 그것들이 얼마나 부질없는가를 깨닫는다. 마침내, 내가 믿었던 진리는 사실 불가능했음을 알게 된다. 내가 얼마나 얄팍한 사람이었는지도 인정하고 만다.

나는 장호를 만나기 전까지 여러 가지 형태의 사랑을 해왔다. 이전의 네 번의 연애도 그렇고 가상의 인물이라거나 가까이하기엔 현실적으로 불가능한 유명인이라거나 아예 확실하게 불가능한 이성애자까지. 내가 비로소 장호를 만나게 됐을 때 우린 이 험난한 세상을 헤쳐 나가는 투사라도 된 양 서로를 안아주고 보살폈다. 마치 뜨겁게 작열하는 저 먼 길 끝에 도달할 유일한 사람들인 것처럼 우린 서로에게 충실했다. 그는 내 모든 형태의 사랑의 마침표였다. 갈 길 잃은, 아직 젊은 두 게이가 만나 정말 잘 살아보자는 다짐을 수없이 했다. 거기엔 유튜브도 있었다. 평범하게 살았더라면 절대 만날 수 없을 사람들과 소통하고 또 그들을 인터뷰하고 나, 장호, 고양이들이 함께 사는 모습을 찍어 남들과 다를 것 없는 모습을 나누기도 했다. 그와 내가 끔찍하게 싸웠어도, 이젠 정말 여기까지가 끝인 줄 알았을 때에도, 그래서 한 번 더 앞으로 나아갈 수 있었다. 우리의 만남은 정말 특별했기 때문에. 그와 함께하는 삶을 살고 싶었고 함께 늙고 싶었으며 계속 많은 경험을 축적해나가고 싶었다. 최선을 다하고 싶었다. 그는 정말 그럴 만한 사람이라고 믿었다.

그런데 한 번 제대로 헤어지고 난 뒤 흔들릴 때가 더러 있다. 그날 이후 헬게이트라도 열렸던 걸까. 시간이 흐를수록 긴밀해지기는커녕 피상적인 관계로 나아가는 것 같아 이제 정말 그만둬야 하는 게 아닌가 싶다. 생각해 보면 그는 나와 많은 것이 다르다. 어떤 현상을 받아들이는 관점부터 문제 해결 방식, 평소 생활 패턴이라든가 살아가면서 무엇을 최우선의 가치로 뽑는가에 대한 기준도 명확하게 갈린다.

어쩌면 그는 여전히 내가 생각했던 삶에 들어오지 않았을지도 모르겠다. 그냥 내 착각이었을지도. 그는 한 번도 내 사람이었던 적이 없고 단지 이를 깨닫는 데 오랜 시간이 걸렸을 뿐인 것만 같다. 그에게도 내가 그럴까. 나도 그가 생각했던 삶에 참여해 오지 않았을까. 나 역시 그의 사람이었던 적이 없었을까. 그럼에도 그와의 지나간 시간들이 너무도 귀하게 여겨지는 건 왜일까. 미련일까. 아직 좋아하고 있어서일까. 정답을 내리지 못했다. 작은 기폭제 하나만으로 해결될 문제인 건지. 그게 무엇인지.

이 글을 쓰는 지금은 2021년 6월 14일이고 2021년 9월 25일은 이 집 월세 계약의 만료일이며 장호와 나는 월세를 연장하지 않고 잠시 작업실에서 생활하다 귀농을 하기로 했다. 뜬금없이 웬 귀농이냐고 묻는다면, 이미 오래전부터 한적한 곳에서 고즈넉한 삶을 살아가길 꿈꿨던 장호는 더 늦기 전에 그 꿈을 이루길 원했기 때문이라고 답할 수 있겠다. 지금껏 내 세계에 묶여 있던 그였음을 알고 있던 난 흔쾌히 그 삶에 동의했던 터다. 물론 나도 그런 삶을 살아보고 싶기도 했고. 이는 물론 귀농이 아니라 귀촌에 가깝지만, 휴대폰을 들고 여러 작물에 대해 알아보는 시간이 부쩍 늘어난 장호는 좀 더 본격적인 농촌생활을 꿈꾸고 있음이 분명하다. 그런데 문제는 귀농이 아니다. 우리가 지금 괜찮느냐다. 월세 계약 만료일이 오기 전에, 난 그와의 귀농 기폭제를 찾아내야만 한다.

"여보세요? 장호야, 나와."

얼마 전, 끼니를 때우기 위해 빵집에 가는 도중, 아무래도 제대로 된 밥을 먹는 게 나을 것 같아 장호에게 전화를 걸었다.

"빵 사 온다며."

"그냥 밥 먹게."

"어딘데."

"여기 강 하류."

"어휴, 알았어, 기다려봐."

그는 곧 '달의 표면'에 모습을 드러낸다. 멀리서 봐도 딱 알겠다. 어딘지 모르게 뾰로통한 저 표정. 총 길이 오 미터 안팎의 꺼칠꺼칠한 달의 표면을 건너 강 상류에 진입한 그는 점점 강 하류에 서 있는 나와 가까워져 온다.

여기서 '강 상류', '강 하류', '달의 표면' 같은 표현은 집 근처 장소들에 우리가 붙여놓은 은어들이다. 이렇게 불시에 그를 불러내야 한다거나 또는 그가 내게 전화를 걸어 집에 도착하려면 얼마나 남았는지를 물을 때 우린 이 은어를 쓴다. 일자로 꽤나 길게 뻗은 오르막길인 '강' 구간은 집에 접어드는 가장 첫 구간이다. 처음엔 '강'으로만 부르다가 좀 더 구체적인 위치 파악을 하는 게 좋겠다며 쓸데없이 하류, 중류, 상류로 구분 지어 부르기 시작했다. 또 이왕 은어를 만들어내는 김에, 이어지는 구간 두 군데에 추가로 이름을 붙여놓았는데 그것이 '달의 표면'과 '바다'다. 강의 구간이 끝나면 짧지만 좀 더 가파른 오르막인 '달의 표면'이 나오고 달의 표면을 지나면 비로소 우리가 사는 다세대 주택 건물에 도달한다.

만약 집을 지나쳐 또 다른 곳으로 나아가야 한다면 연이어 '바다'
로 걸어 나가면 된다. 전부 바닥의 모양이나 질감, 색깔을 보고 즉
흥적으로 생각해 낸 것들이며 우린 이 은어를 꽤나 실용적으로 잘
쓰고 있다. 그리고 우린 삼십 센티미터 왕돈가스 집을 찾았다. 둘
다 치즈돈가스다.

"형, 형은 무슨 작물이 좋겠어? 일단 내가 이것저것 보고
는 있는데, 그 고장 특산물 농사가 제일 좋대."

그도 느끼고 있을 것이다. 어쩌면 우리의 다음 정착지는 같은
곳이 아닐 수도 있다는 걸. 그치만 그도 왜 그런 건지 딱히 이유를
찾지 못했을 것이다. 우리 둘 다, 그것을 별일 아닌 것처럼 인지하
려 하고 또 그동안 가볍게 넘겨버린 것들이 다시 해일처럼 떠밀려
와 각자를 고민하게 만들겠지.

"과일은 어때?"
"과일도 좋기는 한데… 과일 열리려면 최소 3년은 기다려
야 된대. 그때까진 계속 적자야. 근데 어떤 사람 애기하는
거 보니까 4~5년 동안이나 안 열리기도 한대!"

우린 치즈돈가스를 썰어 먹으며 다가올 미래에 대한 얘기를 나눴다. 귀농했는데 주민 텃세 때문에 물과 전기가 끊겼다더라, 내 땅인데 마을 주민들이 자기 땅처럼 쓴다더라, 마을발전기금이라는 걸 안 내면 그때부터 불이익이 생긴다더라 등의 이야기를 하며 만난 적도 없는 동네 주민들과 벌써부터 날선 대립각을 세우는 우리였다. 이런 걸 섀도복싱이라고 하던가.

귀농에 대해 지식이 전무한 상태인 데다가 앞으로도 크게 관심을 갖지 못할 예정인 나와 귀농에 대해 알아본 지 이제 몇 주 정도 지났을 뿐인 장호. 우린 소스의 흔적만 남은 돈가스 접시를 뒤로한 채 가게를 나섰다. 우린 귀농을 갔을까. 아님 생각지 못했던 우회로를 택했을까. 우린 어디에 있을까.

서른네 살,
게이, 유튜버,
애인 있음

●

나는 유튜버다. 유튜브 말고는 하는 일이 없다. 이전엔 편의점 야
간 아르바이트를 했었고 그전에도 계속 아르바이트만 했다. 뭔가
정식으로 회사에 다녔거나 사회생활 같은 걸 해본 적은 없다. 사
회생활? 아직도 난 그게 뭔지 잘 모른다. 인간관계를 말하는 것인
지, 돈을 버는 걸 말하는 것인지, 둘 다인지.

　우리 집은 가난했다. 지금도 가난하고 앞으로도 가난할 것이
다. 하지만 내 둥그런 머리에 듬성듬성 머리카락이 자라나기 시작
한 갓난아기 시절엔 집 안에 코끼리 조형물도 있고 어항도 있고
마당에 나가면 양쪽에 페달이 달린 작은 백마도 있었던 것으로 보
아 남들만치 살 만은 했던 듯싶다. 주황색 숫자들이 표기된 1990
년대 옛 사진들 속에선, 지금 보면 레트로라 칭할 만한 옷을 꽤 패
셔너블하게 차려입은 내가 있다.

언제나 그렇듯 문제는 그 시절이 오래가지 못했다는 것이다. 열 살이나 어린 여자와 결혼한 아버진 머지않아 이혼하고 주식을 하다 재산도 날려먹었다. IMF였다. 이 책을 아빠가 읽을는지 모르겠지만 물론 아빠 당신을 탓하는 마음은 조금도 없다는 사실을 알린다. 어쨌든 내가 일곱 살 때, KFC치킨을 들고 우리 집 현관문을 두드리던 할머니와 스물네 살 겨울까지 함께 살았고 그 시간 동안 우리 집은 계속 가난했다.

내 원래 집을 떠나 어느 다세대주택 꼭대기 컨테이너에 정착, 몇 번의 이사를 거쳐 어느덧 서른네 살이 된 나. 나는 기억에 없는 1990년대 초반의 사진 속 나를 묵시하며 과연 지금 잘 살고 있는지를 성찰해 본다. 나는 잘 살고 있을까?

몇 번의 아르바이트로 형성된 유리 조각 같은 사회생활 경험 요만큼과 인간관계라기엔 협소하기 짝이 없는 주변인 요만큼이 전부인 나. 백마를 타고 환하게 웃는 사진 속 갓난아이가 부럽게 느껴진다면 마냥 잘 살고 있다고 말할 수 없는 거겠지. 서른네 살 정도 먹게 되니 그간 쌓여오던 내면의 불균형을 복기하는 일이 더 많아지는 듯하다. 이런 걸 노바디 콤플렉스라고 부르던가? 텅 빈 곳으로 남아 묘한 허무감을 불러일으키는… 내가 놓친 무언가에 대한 아쉬움. 나에게 있어 노바디 콤플렉스란 사회생활의 부재다. 그것이 돈을 버는 것이든 사람을 사귀는 것이든 그 둘 다 포함이든. 근데 그냥 사회생활의 부재가 아니다. 정확히는 이성애자들과의 사회생활 부재다. 이게 무슨 소리냐고? 나는 지난날, 내가 게이라는 이유로 비주류의 삶을 자처했다. 이성애자들과의 사회생활은 무엇보다 게이로 태어난 나 자신을 그대로 드러내야만 가능했는데 그건 불가능하거나 불가능에 가까운 일이었기 때문이다. 나는 언젠간 나란 사람을 만천하에 알리고야 말겠다는 다소 허황된 꿈을 놓지 않은 채 당장 누구와도 가깝게 지내지 않고 되는대로 아르바이트나 하면서 그 뒤틀린 삶을 흘려보내고만 있던 것이다. 천성 자체가 부끄럼 많고 모난 심성이었던 내게 '가난함'을 끼얹고 추가로 '게이로 태어남'까지, 나의 노바디 콤플렉스 핵심요소 세 가지 중 게이로 태어남은 단연 으뜸이었다.

나는 생각했다. 내 장점은 뭘까. 줄넘기 2단 뛰기 연속으로 50번 하는 거? 고등학교 때 50미터 달리기 6.8초 나왔던 거? 병아리 키워서 닭까지 만드는 거? 이력서에 도대체 뭘 적어 넣어야 하지? 날 뭐라고 소개해야 하나. 내가 만약 대단한 스펙을 지니고 있었다면 이런 고민을 할 필요가 없었을까? 정말 그럴까? 그 대단한 스펙이 내가 게이인 것보다 더 클까? 그게 날 가려줄까?

그렇지 않았다. 내 장점이 진짜 장점이 되려면 내가 게이라는 사실을 상쇄하고도 남을 만큼의 가치여야 했다. 하지만 그 무엇도 내가 게이라는 사실보다 엄청나고 대단한 건 없었다. 나는 이성애자여야 했다. 그런 나에게 '게이 김철수'는 '20대 황금기 사회초년생 김철수'와는 비교도 안 될 정도로 커다란 것이었다. 그리고 세상은 수천수만 가지의 얼굴들이 합쳐진 하나의 거대한 얼굴이 되어 게이인 나를 거부하는 것만 같았다. 결국, 내가 게이라는 것. 이것이 해결되지 않으면 돈을 버는 일이든 사람을 사귀는 일이든 그 둘 다 포함이든, 나에겐 해당사항이 없는 것이었다.

그렇게 시간이 흐르자 나는 루저가 돼 있었다. 자의든 타의든, 게이인 나는 사람들이 사회생활이라 부르는 바운더리 바깥을 배회하며 찌들어갔다. 아, 이대로 나이 들어 아저씨가 되고 늙고 병들어 죽겠구나, 내가 할 수 있는 건 없구나. 나는 잘 살 수 없을까?

자, 구질구질한 이야기는 이미 다른 페이지에서도 했으니 이쯤에서 다시 서른네 살, 게이, 유튜버인 현재로 돌아와 보자. 그땐 알았을까? 내가 이런 글을 쓰며 그 시기를 회상할 줄을.

내 장점은 내가 게이라는 것이다. 내가 유튜브를 했고 그래서 돈을 벌고 있고 이렇게 책까지 내게 된 이유는 근본적으로 내가 게이라서다. 아니, 조금 더 정확하게 말하면, 내가 나인 상태에서 첫 스타트를 끊고 싶었던 내 미련한 신념이라고 해도 될 것 같다. 내겐 내가 게이라는 게, 현실이니까. 그리고 장호를 만났다. 그처럼 순수한 사람을 만난다는 건 정말 쉽지 않은 일인데 내가 그런 사람을 만났다. 우습게 들릴 것이다. 하지만 장호는 내가 그 어느 때보다 게이로 태어난 나 자신을 긍정하게 해주는 방패 같은 역할을 해주었다. 그래서 내 장점은 내가 게이라는 것이다. 나는 게이로서, 지난날 간절히 꿈꿨던 삶을 살고 있다. '진짜 나'를 누구에게도 감추지 않아도 되는 삶. 이제야 올바른 길로 나아가고 있다는 느낌이 드는 내 원래 삶의 궤도에 올라선 것이다.

그런데 이상하다. 이미 모든 걸 가져놓고 왜 백마를 타고 웃고 있는 어린 시절의 내가 부러울까. 단순히 사진 속 장소에서 느껴지는 애틋함만으론 이 감정을 설명하기 부족하다. 이 감정은 결국, 모든 걸 다 가진 내가 놓친 것이 있기 때문인데, 나는 그게 이성애자들과의 사회생활이라는 생각이 든다. 사진 속의 아이는 하나의 '가능성'이다. 그는 무엇이든 이겨내는 가능성으로 웃음 짓고 있다. 현재의 내가 느끼는 노바디 콤플렉스를, 저 작은 갓난아이한테서는 찾아볼 수 없는 것이 부러웠다.

처음엔 이제야 진짜 나의 삶을 가졌다는 사실만으로 한없이 만족하기도 했다만 아직 풀지 못한 숙제가 있었다. 마치 안 해도 상관없는 방학숙제 같기도 한 이 이성애자들과의 사회생활은 자꾸 내 마음에 구멍을 내며 알 수 없는 죄책감을 불러일으킨다.

지금 내가 서 있는 땅은 너무 심하게 삐딱한 느낌이다. 조금만 잘못 서 있으면 금방 미끄러질 것만 같은 기분이 든다. 드라마든 책이든 음악이든 평범하지 않은 특이하고 삐딱한 걸 좋아하는 나지만, 이번만큼은 내가 잃어버린 삶의 균형을 찾아보고 싶다. 그렇다고 아주 가운데로 가고 싶다는 얘긴 아니다. 그건 더 싫다. 조금만 덜 삐딱하고 싶다.

그래서 나는 '진짜 나'를 감추지 않아도 되는 삶을 가진 게 맞기도 하고 아닌 것도 같다. 아직까진 반쪽짜리에 가깝다고 해야 하나. 이쯤 되면 어떤 이는 내게 자아분출 욕구가 과도한 것 아니냐 물을지도 모르겠다. 이에 대해 짚고 넘어가자면, 나는 지극히 정상이다. 종종 남에게 하찮은 피해를 끼치기도 하고 나 나름의 편견도 지니고 있다. 또 나와 연관된 일에 대해선 한없이 이기적으로 굴기도 한다. 하지만 알고 보면 본성은 착한 사람이랄까. 나는 다른 누구와 다르지 않다. 그래서 나는 나와 똑같은 사람들과 어울리고 싶다. 어울림을 강제당하고 싶지도 않고 어떤 삶을 강요당하고 싶지도 않다. 그게 타의든 자의든 둘 다 포함이든 말이다.

지금에 이르기까지 이 콤플렉스를 깨기 위해 힘을 모으는 중이었고 마침내 그 힘이 생겼다고 둘러댄다면 지난날 흘려보낸 시간들에 대한 나의 과오가 용서될는지 모르겠다.

나는 여전히 이 사회와 단절되어 있다. 나는 이제 그것을 극복해야 한다. 사람들 속으로 뛰어들어야 한다. 부디 이다음 넘겨질 장에선 좀 더 많은 등장인물들이 함께하길.

…이라고 쓰고
그만 이 책을
덮을 수 있다면

●

좋았겠지만, 알려야 할 것이 있다. 다시 혼자가 됐다. 장호와 나는 헤어졌다. 유튜브에 자발적인 전시를 해오던 커플이니만큼 조금은 특이하게도 '헤어짐 공식 발표'도 잊지 않았다. 이로써 사귐, 헤어짐 모두 공식 발표를 한 최초의 게이커플이 됐다.

그와 무슨 일로 헤어졌는지, 또 그전까지 어떤 복선들이 있었는지 그대로 남겨두는 것이, 어쩌면 이 책의 리얼리티를 위해 더좋은 방법일지도 모르겠다. 조목조목 디테일하게 그간 있었던 사건들을 기록해 두는 것은 적어도 이 책을 궁금해하는 사람들에게 만큼은 이롭게 작용할 확률이 크지 않을까 싶어서다. (마지막 장에 다다랐을 때쯤이라야 우리가 헤어졌으니 어쩔 수 없기도 하고.)

하지만 너무 별 내용이 없어서 오히려 실망하게 될 수도 있다. 또한 아무래도 나는 자기중심적인 사람이다 보니 우리가 헤어진

연유에 대해 분명 이기적인 방법으로 변명하듯 지껄일지도 모른다. 아무튼 이래저래 생각해 봐도 난 아직 자라는 중이므로 섣부르게 무언가를 완결 지을 필요는 없겠다는 판단이 섰다. 나는 여전히 내 길을 걸어 나가고 있으므로.

팬히 강조하고 싶은 게 있다면, 당연하게도 이전의 글들은 모두 진심이라는 점이다. 최후의 우리가 헤어지는 게 맞기 때문에 헤어지기로 한 것처럼, 최초의 우리가 사귀기로 한 뒤 쌓아온 추억도 '틀리지' 않았다. 이 책에 실린 그와의 에피소드와 그를 향한 생각들은 다 사실이다. 이후의 나도 그렇다.

"헤어진다는 건 참 어려운 거군요."

며칠 전, 화창한 여름 하늘을 올려다보면서, 무슨 배우처럼, 대본이라도 읽듯 속삭였던 적이 있다. 헤어진 지 얼마 되지 않아서 그런 거겠지만. 시간이 흐르고 나면 '그래, 역시 잘 헤어졌어.'라고 외치고 있을 나란 걸 잘 알고 있지만. 다시 그를 붙잡는다면 정말 실수하는 거라는 걸 확신하지만, 역시 힘들다. 5년이란 시간이 나를 가만두지 않는다. 나를 숨 쉬게 하는 장치 하나가 떨어져 나간 것 같다.

이 헛헛한 기분이 가끔은 산뜻하게 느껴지기도 하지만 실은 대부분의 시간 속에서 나는 괴로워하는 중이다. 정신은 혼자가 아닌데 막상 모든 게 혼자가 되었다. 그래, 그는 어디 몇 박 며칠 여행을 떠난 게 아니라, 나랑 영영 헤어진 거야. 돌아갈 수는 없어. 완전히 헤어진 거야, 정말 완전히. 진짜 이제 혼자야. 이 작은 집구석에서 '함께였던' 나와 '혼자인' 내가 자꾸 부딪친다. 도대체 뭐가 이렇게 암담하고 막막하게 느껴지는지 모르겠다.

내가 내 생애 최악의 시기로 뽑는 세 시절이 있는데, 친구 하나 없이 쓸쓸하게 학교생활을 했던 중학교 1학년 시절과 내가 게이라는 걸 안 직후 암흑 같았던 몇 개월 그리고 수년 전 한겨울에 아배붑을 잃어버리고 다시 찾기까지의 41일이 그때다. 난 아직 소중한 존재의 죽음을 경험했다거나 내 몸에 큰 병이 생겼다거나 한 적은 없기 때문에, 지금까진 이 세 가지가 김철수 생애 최악의 시기 쓰리톱이라 할 수 있었는데 이제 막 한 가지가 추가된 것 같다. 손장호와의 헤어짐이다. 나처럼 독립적인 사람이 막상 혼자의 삶을 감당하지 못하고 있다니, 이런 내가 나도 낯설다. 아니, 실은 나 굉장히 의존적인 사람이었구나, 많이 기대고 있었구나 싶기도 하다. 아니, 5년 동안 내가 이런 사람으로 변해버린 건가. 아니, 원래부터 난 이도 저도 아닌 사람이었을까.

어떻게 알았는지, 내 유튜브 피드창에 한 정신과 의사가 이별 후폭풍에 대해 설명해 주는 영상이 떴다. 그는 내가 지금 우울한 이유가 '상실' 때문이라고 했다. 오랜 시간 내 진솔한 모습을 드러내며 지냈던 사람과 헤어지면 마치 자신의 일부분을 잃은 느낌일 거라면서 말이다. 그러자 정신과 의사의 옆에 있던 MC가 맞장구를 친다. 가족을 잃은 듯한 느낌이 아니냐면서. 나는 숨을 들이쉬며 고개를 끄덕였다. 굳이 그 영상을 보지 않았더라도, 알고 있는 내용이었다.

그가 너무 보고 싶다거나, 못 헤어지겠다거나 한 것이 아니다. 우린 분명 잘 헤어졌다. 맞아, 이쯤 만났으면 됐지 하는 생각이었고 혼자의 삶도 분명 그리웠다. 또한 우린 분명 알고 있다. 다시 만나도 똑같은 결과가 되리라는 걸. 그런데 왜, 누가 강제로 떨어뜨려 놓은 것마냥 지금의 혼자가 적응이 안 되는 건지. 장호 역시 지금 그런 시간을 보내고 있을 것이다.

그와 내가 서로의 관계를 중단하던 자리에서 우스갯소리로 주고받은 말이 있다. 헤어지고 나서 시간이 흘러 먼 훗날에 이르러서도 여전히 혼자라거나, 그래서 그 혼자의 삶이 지겨워졌거나, 아니면 누군가를 만나다가도 결국 혼자라거나 한다면. 그 끝에서 다시 만나기로 하자는. 어디 드라마 같은 데서나 볼 법한 이 오글거리는 대사를 우리는 내뱉고야 말았다. 물론 나나 장호의 새로운 인연이 될 사람이 이 글을 본다면 언짢아할 필요는 조금도 없다.

적어도 우린 서로에게 좋은 사람이었다는, 위안의 용도일 뿐이며
이 이별이 아름답길 바라는 욕심으로부터 파생된 대사에 지나지
않으니.

그럼 이제, 나는 어디로 갈까.

오늘은
좋은 하루

●

이 책의 마지막 장이 이렇게 끝날 거라곤 생각지 못했기 때문에(예정대로라면 '서른네 살, 게이, 유튜버, 애인 있음'에서 끝났어야 했다. 역시 인생은 계획대로 흘러가지 않는구나.) 조금의 자괴감이 드는 게 사실이다. 결국 못난이 김철수로 끝맺는 것만 같다. 그래, 그럼 내가 원래 그렇지. 그런데 한편으론(이제 와서 보니 느껴지는 건데) 여기다 써놓은 앞의 내용들도 썩 그렇게 잘난 것들은 아녔던 것 같다. 똑같이 못난이 김철수지 싶다. 단지 미화를 조금 곁들인 인물일 뿐 그때나 지금이나 매사에 어리숙하고 자존심만 세다는 점도 그렇다.

　이런 자각을 하게 되자, 또 한없이 부끄러워진다. 내가 이렇게 책을 내도 되는 사람이 맞나. 이거 종이가 아까운 게 아닌가. 남들 같지 않은 내가 너무너무 좋다가도 또 남들 몰래 뻥쩍 하고 사라져 버리고 싶을 만큼 작아지기도 한다. 바보 같은 나. 마지막 장에 이르러서까지 자아 고찰이라니 나답고 좋네. 그리하여, 이 마지막 장을 내 못난 이야기로 마저 채우려 한다.

지난 시절, 나의 시니컬함이 정점을 찍었을 무렵엔 누군가 내게 '오늘도 좋은 하루 보내세요'라는 말을 건네는 것조차 고까웠던 적이 있었다. 내가 어제 무슨 시간을 보냈는 줄 알고 오늘도 좋은 하루래? 네가 내가 어제 뭘 했는지 봤어? 네가 뭘 알아? 살면서 가장 꿀꿀한 하루를 보냈을지 그래서 온종일 열두 시간 넘게 잠만 자고 싶었을지. 더 이상 잠이 안 와도 그냥 계속 눈을 감고 있고 싶었을지! 쓸데없는 인사치레를 하고 있어, 정떨어지게!

그때 난 많이 지쳐 있었고 서툴렀고 외로웠다. 또 그만큼 나 자신이 너무나 소중했었다. 그리고 지금, 그때의 나와 비슷한 시간을 보내고 있을 분들이 있다면, 말해주고 싶다. '오늘은 좋은 하루 보내세요.'라고. 지금 최악의 시기를 지나고 있는 나 자신에게도 말해주고 싶다. '오늘은 좋은 하루'라고. 또 지난 과거보다 오히려 더 파괴적인 시니컬함을 장착하고 세상을 맞이할지도 모르는, 지지리도 성장하지 못하는 미래의 나에게도, 그리고 모든 반복된 삶을 살아가는, 나와 그리 다르지 않은 사람들에게도 말해주고 싶다. 오늘은 좋은 하루 보내세요.

나는 늘 이런 식이다.
별것 없이 사소하고 지나치게 일상적이다.
어떤 해결 방안도 제시하지 못한다.
내가 확신을 갖고 대답할 수 있는 것들은
단지 내 개인적인 이야기에 지나지 않는다.
내가 이만큼이나 너희들과 똑같은 사람이라고.

짝사랑을 할 때마다

늘 역대치를 찍고야 마는 듯하다.

뒤섞인 행복과 고통뿐이긴 해도

사랑은 언제나 살아있는 느낌을 준다.

그 친구에게 고맙다. 내가 살게 해줘서.

날갯짓이라고는 해본 적도 없었을 갓 태어난 나비가
내 앞으로 날아오더라.
투명한 날개를 가지면 사람들 눈에 덜 띌 텐데.

눈이 진짜 소복하게 쌓였어.

창밖을 봤는데 눈이 내리고 있는 거야.

너랑 한 번 나가야 되는데, 이런 생각을 하고 있었어.

그런데 그때 마침, 네가 왔어.

기사에는 '5포세대? 이제는 7포세대!'라는
제목이 붙어 있었다.
나는 묘한 소속감을 느꼈다.
나만 이따위인 건 아니구나.
하지만 다른 한 가지, 나는 7포 게이 세대다.

내가 늙어 죽는 날이 되면

결국 나와 시간을 보낸

살아 있는 것들과의 추억을 소중히 여기게 될 것 같다.

내가 죽은 뒤에도 가져가고 싶은 건

오직 그들에 대한 기억이 아닐까.

머릿속에서 버퍼링이 걸릴 때가 있어.

계속 고치다 보면 더 이상해져.

그럴 땐 잠시 멈춰보자고.

너 자신을 믿어.

하지만 너 자신을 믿게 됐을 때

시작하려고 하지 마.

그냥 지금 당장 출발해.

그다음

부딪칠 때마다 너 자신을 믿어.

'진짜 나'를 누구에게도 감추지 않아도 되는 삶.
나는 이제야 올바른 길로 나아가고 있다는 생각이 들었다.
내 원래 삶의 궤도에 올라선 것이다.

서른네 살, 게이, 유튜버, 남친 없음
보통 남자 김철수

초판 1쇄 인쇄 2022년 1월 25일
초판 1쇄 발행 2022년 2월 7일

지은이 김철수
펴낸이 김선식

경영총괄 김은영
기획편집 봉선미, 장선아 **책임마케터** 최혜령
콘텐츠사업9팀장 봉선미 **콘텐츠사업9팀** 박윤아, 장선아
마케팅본부장 권장규 **마케팅1팀** 최혜령, 오서영
미디어홍보본부장 정명찬 **홍보팀** 안지혜, 김민정, 이소영, 김은지, 박재연, 오수미
뉴미디어팀 허지호, 박지수, 임유나, 송희진, 홍수경
리드카펫팀 김선욱, 염아라, 김혜원, 이수인, 석찬미, 백지은
저작권팀 한승빈, 김재원 **편집관리팀** 조세현, 백설희
경영관리본부 하미선, 박상민, 김민아, 윤이경, 이소희, 김소영, 이우철, 김혜진, 김재경, 오지영, 최완규, 이지우
외부스태프 표지 및 본문 디자인 강경신 **일러스트** 엄주

펴낸곳 다산북스 **출판등록** 2005년 12월 23일 제313-2005-00277호
주소 경기도 파주시 회동길 490, 3층
전화 02-704-1724 **팩스** 02-703-2219 **이메일** dasanbooks@dasanbooks.com
홈페이지 www.dasanbooks.com **블로그** blog.naver.com/dasan_books
인쇄 민언프린텍

ISBN 979-11-306-7981-5 (03810)

다산북스(DASANBOOKS)는 독자 여러분의 책에 관한 아이디어와 원고 투고를 기쁜 마음으로 기다리고 있습니다. 책 출간을 원하는 아이디어가 있으신 분은 다산북스 홈페이지 '투고원고'란으로 간단한 개요와 취지, 연락처 등을 보내주세요. 머뭇거리지 말고 문을 두드리세요.